辻斬りの始末
栄次郎江戸暦 20
JN214577
小杉健治
時代小説
二見時代小説文庫

目次

辻斬りの始末——栄次郎江戸暦20

『辻斬りの始末——栄次郎江戸暦20』の主な登場人物

矢内栄次郎……一橋治済の庶子。三味線と共に市井に生きんと望む。田宮流抜刀術の達人。

政吉……天神下の岡っ引き。栄次郎とともに辻斬りの下手人を追う。

崎田孫兵衛……お秋を腹違いの妹と周囲を偽り囲っている、南町奉行所の年番方与力。

お秋……以前矢内家に女中奉公をしていた女。八丁堀与力・崎田孫兵衛の妾となる。

作次……愛宕下の作次親分と呼ばれた岡っ引き。辻斬りに殺されてしまう。

杵屋吉右衛門……栄次郎が三味線、浄瑠璃、長唄を習っている師匠。

西京堂長四郎……神田佐久間町で香道具屋を営む。商才に恵まれ機転が利く男。

矢内栄之進……家督を継いだ、栄次郎の兄。御徒目付を務める幕臣。妻を病で亡くす。

増村伊右衛門……小川町に屋敷を持つ三百石の旗本。家の体面を重んじる男と評されているが……。

おいく……増村家に女中奉公をしていたが、実家の親への便りが突然途絶える。

三太郎……増村家の中間。女中のおいくとともに姿を晦ます。

新八……豪商や旗本を狙う盗人だったが、足を洗い徒目付矢内栄之進の密偵となる。

加納屋徳兵衛……須田町の小間物問屋。栄次郎の兄弟弟子にあたる。

庄蔵……おいくの父。北森下町で下駄屋を営んでいる。

松三郎……大身旗本、書院番大城清十郎の妾の子。嫡流ではないことから心を歪める。

第一章　新たな犠牲者

一

十二月一日。師走の風は冷たい。

湯島の切通しに差しかかったとき、突然夜陰に男の悲鳴が轟いた。矢内栄次郎ははっとしてとっさに悲鳴のしたほうに駆けた。

女坂のほうだ。夜の五つ半（午後九時）をまわってすっかりひと通りも絶えている。

坂下でまさに顔を黒い布で覆った賊が足元に倒れた男に留めを刺そうとしていた。

「待て」

栄次郎は駆けながら叫ぶ。

賊は剣を突き刺す手を止め、栄次郎に顔を向けた。

「やめるのだ」

栄次郎は倒れている男をかばうように賊の前に立った。いきなり、賊は斬りつけてきた。田宮流居合術の達人である栄次郎は素早く抜刀し、相手の剣を弾いた。

栄次郎は倒れている男が気になった。早く手当てをしなければと焦ったが、賊を倒さねばそれも叶わない。

栄次郎は刀を鞘に納め、両手を下げて賊に向かう。賊は剣を立てて構えた。

「近頃、出没している辻斬りか」

賊は痩身の面長で、目許はわからないが、鼻が高い。やや、猫背ぎみに剣を立てて構えた。

賊が間合いを詰めた。栄次郎は刀の鯉口を切った。賊が斬り込もうとしたとき、提灯の明かりが揺れて近付いてきた。

賊は動きを止めた。刀を引くと、素早く体の向きを変え、女坂に向かって逃げだした。

「待て」

追いかけようとしたが、斬られた男が気になった。

提灯を持って近付いてきた男に、

「その者を頼みます」

と訴え、栄次郎は賊を追って女坂を駆け上がった。

賊はすでに坂を上がって湯島天神境内に入っていた。刀を鞘に納め、栄次郎は人気のない境内を見回す。

社殿のほうに向かい、脇の暗がりに目をやる。だが、ひとのいる気配はない。さらに奥の植込みのほうに向かう。

そのとき、いきなり剣が襲って来た。栄次郎は身を翻して避けたが、賊はそのまま一目散に鳥居に向かって駆けた。

栄次郎は追いかけ。鳥居に向かって走った。だが、鳥居を出た賊は門前町の路地に逃げ込んで姿を晦ました。

栄次郎はため息をついて引き返した。

女坂を下ってさっきの場所に近付くと、ちょうど木戸番や自身番の番人が駆けつけて来た。

ふたりは栄次郎を見て、はっとしたように尻込みした。

「違います。辻斬りを追い払ったお方です」

さっき駆けつけた男が説明した。三十前後の商人らしい男だ。

「これは失礼しました」

番人が頭を下げた。

「いえ、それより、斬られたひとは？」

倒れている男を見て、栄次郎はあっと叫んだ。

「だめだったのですか」

栄次郎は倒れている男を唖然として見た。

「医者を呼びに行こうとしたのですが、すでにいけなくなっていました」

商人らしい男が言う。

「だめでしたか」

栄次郎はため息をついて亡骸の前にしゃがんだ。五十年配のがっしりした体つきの男だ。眉毛にも白いものが目立つ。唇が厚く、いかめしい顔立ちだった。

「賊は侍ですか」

番人がきいた。

「浪人ではないかと思います」

「私が駆けつけたばかりに……」

商人らしい男はうなだれた。

「いや、逃がしたのは私の力及ばずです」

「すみません。ちょっと亡骸を」

断って、栄次郎は傷口を検めた。目の前に突如現れた賊に逃げようとしたところを袈裟懸けに斬られたようだ。

「持ち物から身元を」

栄次郎は番人に促す。

「へい」

番人は亡骸の懐に手を入れ、財布と煙草入れを取り出した。中を開いてみていたが、

「中に身元を示すものは入っていませんね」

と言い、さらに煙草入れも調べた。

「煙草入れに作という字が書いてありました。財布にもありましたから、作次とか作蔵とかいう名前なんでしょう」

栄次郎も煙草入れの文字を見た。墨で書いたものでだいぶ薄くなっていた。

煙草入れを返したとき、岡っ引きが駆けつけてきた。天神下の政吉で、三十歳ぐら

いの鼻筋の通った男だ。

仰向けに倒れている男に目をやり、

「また、殺られたか」

と、政吉は吐き捨てる。

政吉はそのあとでまわりを見まわし、

「おや、矢内さまじゃありませんか」

と、意外そうに言った。

「親分さん、こちらのお侍さんが最初に駆けつけたということです」

自身番の番人が口を添えた。

「ええ。悲鳴を聞いて駆けつけたら、顔を黒い布で覆った侍がこのひとを斬ったあとでした。あとを追ったのですが逃してしまいました」

栄次郎はそのときの様子を話した。

「そうだったんですかえ。その話はまたあとでお聞かせ願えますかえ。死骸を検めますんで」

そう言い、政吉は亡骸の前にしゃがんだ。自身番の番人が提灯の明かりを照らす。

「おや、このホトケは?」

政吉が声を上げた。

「御存じですか」

栄次郎はきいた。

「一年前まで同業だった愛宕下の作次親分のようだ」

「作次親分？」

「あっしもお世話になったことのある岡っ引きです。芝の辺りを縄張りにして、愛宕下の作次と聞けば脛に傷を持つ者は震え上がったものです。今は隠居して、確か娘夫婦のところに引き取られたと聞いていたが……」

政吉は言ってから、傷口などを検めた。

一年前にやめているにしても、元岡っ引きだということが気になった。

「傷は肩からの袈裟懸けの傷だけですね」

政吉は呟く。

「親分」

栄次郎は呼びかけた。

「親分。最近、辻斬りが出没しているようですね。崎田さまから伺いました」

先日、お秋の家にやって来た崎田孫兵衛から、近頃辻斬りが出没しているという話を聞いたばかりであった。

「そうです。今夜で、五人目ですよ」

「五人ですか。で、この斬り傷は同じですか。殺されたのが元岡っ引きだというので、もしやと思ったものですから」

たまたま通りがかって辻斬りに遭っただけなのか、何かの事件に巻き込まれていたのか、その点が気になった。

「四人とも袈裟懸けに斬られていました。あっしには同じような傷に思えますが、同じ人間の手によるものか、あとでうちの旦那に確かめてみます」

旦那というのは政吉が手札をもらっている同心だ。

「ところで、矢内さまは相手と立ち合われたわけですね。顔は見ましたか」

「さっきも話したように黒い布で顔を覆っていたので、顔全体の印象はわかりませんが、面長で鼻が高かったようです。痩身で背が高く、剣を構えているときは少し猫背ぎみになっていました」

「今度会えばわかりますかえ」

「わかると思います」

「じゃあ、また何かあったらお伺いに上がります」

「いつでも構いません。以前お話ししたように、だいだい昼過ぎから浅草黒船町のお秋さんの家におりますから。与力の崎田孫兵衛さまの妹さんです」

栄次郎は御家人の矢内家の部屋住である。だが、武士でありながら、栄次郎にはもうひとつの顔があった。

栄次郎は長唄の師匠杵屋吉右衛門から吉栄という名をもらった三味線弾きの芸人でもあった。亡くなった矢内の父は一橋家二代目の治済の近習番を務めており、謹厳なお方で、母もまた厳しいお方であった。

だから、部屋住の身であっても、栄次郎が三味線に現を抜かすことを許すはずがなく、やむなく浅草黒船町のお秋という女の家の二階の一部屋を、三味線の稽古用に借りている。お秋は昔矢内家に女中奉公していた女である。

お秋は南町与力の崎田孫兵衛の腹違いの妹ということにしているが、実際は妾なのだ。

「わかりました。そこにお伺いします」

政吉は言ってから、三十前後の商人ふうの男に顔を向け、

「おまえさんは？」

「私は神田佐久間町で香道具屋を営んでいる西京堂長四郎と申します。池之端仲

町(ちょう)からの帰りにここを通り掛かりましたら、突然悲鳴が聞こえました。驚いて駆けつけると、矢内さまが賊と対峙(たいじ)をしておりました。賊は私が駆けつけたのを知って逃げだしてしまいました。もし、私があわてて飛び出して来なければ、矢内さまが賊をやっつけていたのではないかと思うと、自分のとった行動が浅はかだったと……」

「いえ、そんなことありませんよ。西京堂さんが駆けつけたから賊は逃げたのです。場合によっては私が斬られていたかもしれません」

栄次郎は長四郎の苦(にが)み走った顔を見て言う。

「まさか、矢内さまほどのお方がやられるはずありません」

政吉が口をはさんで、

「事情はわかりました。西京堂さんは賊を遠くから見ただけだから、やはり、頼りは矢内さまです。今まで、辻斬りの姿をまともに見たものはいないのですから」

「私でよければいくらでもお手伝いします。では、私はこれで」

栄次郎が言うと、西京堂長四郎も、

「それでは私も」

と、政吉に声をかけた。

もう一度、栄次郎は作次の亡骸に向かって手を合わせた。すでにホトケには莚(むしろ)がかけられていた。

「矢内さまの男気に敬意を払います。いくらお武家さまとはいえ、辻斬りに立ち向かい、なおかつ追いかけて行くなんて。またお会い出来ることを念じています」

その場を離れたところで、長四郎が声をかけた。

「いえ、西京堂さんこそ、賊がまだいるにも拘らず駆けつけた勇気には感服しました」

「どうも恐縮です」

「もっとお話ししていたいのですが、もう夜も遅いので失礼いたします。私はたいてい、昼過ぎからは浅草黒船町のお秋というひとの家におります」

「わかりました」

「では」

栄次郎は長四郎と別れ、湯島切通しを通って本郷の屋敷に帰った。

屋敷の潜り戸をくぐり、勝手口から入って自分の部屋に行く。刀を置いて着替えたあと、襖の外で兄の声がした。

「栄次郎、よいか」

「はい」

栄次郎が答えると、すぐ襖が開いた。

兄の栄之進（えいのしん）が顔を出すと、栄次郎はすかさず、

「お部屋にお伺いしますよ」

と、口にした。

「よい」

兄はそのまま入って来た。

兄はますます矢内の父に似てきた。威厳を保つように胸を張り、口を真一文字に結び、いかめしい顔をしているところなど、父にそっくりだ。

「兄上、何か」

部屋の真ん中で差向（さしむか）いになって、栄次郎は促したが、

「まさか、後添（のちぞ）いの話ですか」

母は兄に後添いを、栄次郎にはいい養子先をと躍起（やっき）になっている。

兄嫁が流行（はや）り病で若くして亡くなって数年経つ。妻を失った悲しさや寂しさに打ちひしがれていた兄だが、栄次郎が誘った深川（ふかがわ）の女郎屋に通うようになって、兄は生気を取り戻した。

深川の馴染みの女たちは世辞にもいいとは言えない顔立ちだが、気取らずあけっぴろげな人間性に、兄はすっかり魅せられていた。そういう女たちと話すのが楽しくてならないようで、深川の安女郎屋で、女郎たちを集めて面白い話をして笑わせるという、外見からは想像もつかない面を持っていた。

「いや、そうではない。役儀のことだ」

「そうですか」

栄次郎は細面のりりしい顔立ちだが、涼しげな目許の辺りに憂いのようなものが滲み、ますます男の色気が出て来た。

いずれは武士をやめ、三味線弾きとして身を立てたいのだが、母が許すはずもなく、ずっとそのことを胸に隠したままでいる。

兄の後添いが決まれば、栄次郎はこの屋敷を出て行くつもりだった。そのために、母は養子先を探しているのだ。

「で、役儀で何か」

兄は御徒目付である。御徒目付は本丸御玄関の左手にある当番所で老中・若年寄からお目付経由で渡ってきた文書を取り扱うなどお目付の受け持つ事務の補助を行なったり、旗本や御家人の監察などを行なったりする。

兄は主に、旗本以下の侍の取り締まりの任務を担うことが多い。役儀でのことといえば、その取り締まりの件だとは想像出来る。

「小川町に屋敷がある三百石の旗本増村伊右衛門の屋敷に奉公していた女中おいくと中間の三太郎が三か月ほど前から行方不明になっているのだ」

「行方不明ですか」

御徒目付は役儀のことをたとえ家族にであっても漏らしてはならない。にも拘らず、兄が任務のことを口にするのは栄次郎の手を借りたいからだ。

栄次郎はそのつもりできいた。

「だが、増村どののからはその訴えはなかった。なぜ、このことがわかったかというと、ひと月前に、おいくの実家から奉行所に、増村どのの屋敷に奉公している娘と連絡がとれないと訴えがあった。お屋敷にきいても勝手にやめていったというだけで埒が明かない、と訴え出たのだ。それで、奉行所のほうで、増村どのに訊ねたところ、女中のおいくと同じ時期に三太郎という中間が逐電した。おそらくいっしょに欠落したのではないかと答えたそうだ」

「……………」

「増村どのの屋敷に三太郎を斡旋した口入れ屋もそのことは知らなかった」

「奉行所のほうで、三太郎とおいくを探したのですね」

「探した。だが、見つからなかった。江戸を離れた形跡もなかったそうだ。どこかに、隠れ住んでいるのか、それとも……」

「何か」

兄の言い方が気になった。

「じつは、おいくの実家では、行者（ぎょうじゃ）に行方を見てもらったのだ。そしたら、おいくは土の中にいるというお託宣（たくせん）が出たそうだ」

「土の中？　死んでいるということですか」

「そうだ。殺されて、どこかに埋められているというのだ」

「まさか、埋められているのは……」

「そうだ。増村どのの屋敷の庭だと訴えているらしい。もちろん、なんの証（あかし）もないことだ。だが、奉行所のほうでもおいくの消息がまったく摑めないことから、万が一のこともあり得ると考えた南町の崎田さまが組頭どのに相談に来たそうだ」

「崎田さまが？」

「そうだ。組頭どのもやはり増村どのに微（かす）かな疑いを持った。だが、増村どのに庭を調べさせてくれなどとは言えるわけはないし、頼んだところで断られるのが落ちだ。

いや、断られるだけならまだいい。ひと殺しだと疑われれば面白くあるまい。なんらかの責任問題にしてくるだろう。増村どのは誇り高いお方で、自分の名誉を守るためにはなんでもするようなお方らしい。なにしろ、今の若年寄さまとは遠いながら縁戚関係にあるそうだ」

「つまり、奉行所も御徒目付も手が出せないということですね」

「そうだ。だが、このまま見過ごしてよいものか。おいくの母親は心労から寝込むことが多くなったそうだ。せめて、生きているのか死んでいるのか、はっきりさせたい。死んでいるなら供養をしてやりたいと父親も訴えている」

「そうですか」

しんみり答えたあとで、

「でも、私がお力になれることがありましょうか。お話を聞く限りでは、私に出来ることは何もなさそうですが」

「いや、あるのだ。あるから、こうして話している」

兄は厳しい顔で言う。

「はて、なんでしょうか」

栄次郎は首を傾げたとき、あっと声を上げそうになった。

（まさか……）

栄次郎は愕然とした。

栄次郎は今の大御所治済が一橋家当主だった頃に、旅芸人の胡蝶（こちょう）という娘に生ませた子だった。栄次郎は近習番をしていた矢内の父に引き取られた。

だが、栄次郎は治済との縁を切ったのである。そのことを承知しているはずの兄が、栄次郎の出生の秘密を使って増村伊右衛門に対峙しようとしているのではないかと警戒したのだ。

「ひょっとして、私の裏にある……」

出生の秘密を利用することかと、あからさまにはきけなかった。

「裏？　裏といえば裏か。そうだ、それしか手立てはないのだ」

兄はすまなそうに言う。

「兄上、いくらなんでも……」

栄次郎は反発した。

「うむ。卑怯なことはわかっている。それに、そなたにとっての三味線は武士の魂である刀と同じであろう。それを利用するなど、わしも忸怩（じくじ）たるものがある」

「三味線？」

　栄次郎は聞き違えたかと思った。

「そうだ。増村どのは長唄が好きで、杵屋吉右衛門どのと親しいようだ」

「師匠と？」

「うむ。ときおり、屋敷に杵屋吉右衛門どのを招いているようだ」

「師匠から増村さまのことを聞き出せと？」

「そうだ。何も庭を調べてくれとは言わぬ。吉右衛門どのから屋敷の雰囲気や奉公人たちの様子を聞いてもらいたいのだ」

「………」

「それ如何によって、新八に屋敷に忍んでもらおうと思っている」

　新八は大名屋敷や大身の旗本屋敷、そして豪商の屋敷などに忍び込むひとり働きの盗人だった。忍び込んだ屋敷の武士に追われた新八を助けてから、栄次郎と親しくなった。今は盗人をやめ、御徒目付である兄の手先として働いている。

「兄上は、増村さまの疑いが強いとお思いなのですね」

「そうだ。おいくのふた親の嘆きを目の当たりにしてなんとかしてやりたいと思ってな。そなたの師匠を利用してしまうことになるが……。栄次郎、このとおりだ」

　兄は頭を下げた。

「兄上。どうぞ、顔をお上げください」

栄次郎は困惑しながら、

「なんとかやってみます」

と、約束をした。

ほっとしてついた兄のため息が、栄次郎の耳に飛び込んできた。

二

翌日、本郷の屋敷から切通しの坂を下り、御徒町(おかちまち)を経て、元鳥越町(もととりごえちょう)にある杵屋吉右衛門の家にやって来た。

格子戸を開けると、まだ土間に履物はなかった。栄次郎が一番乗りだったようだ。部屋に上がって待っていると、どうぞと、隣りの部屋から師匠の声がかかった。

栄次郎は立ち上がって、隣りの部屋に行く。

師匠の吉右衛門が待っていた。

吉右衛門は横山町(よこやまちょう)の薬種問屋の長男で、十八歳で大師匠に弟子入りをし、天賦の才から二十四歳で大師匠の代稽古を務めるまでになっていた。

「失礼します」

栄次郎は見台の前に座った。

「正月に市村座で、羽三郎さんが越後獅子を踊ることになったそうです。地方を頼まれました。吉栄さんには立三味線をお願いいたします」

吉右衛門が言う。

「私でよろしいのですか」

「と、言いますと?」

「はい、吉次郎さんのことが」

吉次郎とは兄弟子の坂本東次郎のことである。旗本の次男坊ながら三味線に惹かれ、吉右衛門一門の弟子の中の第一人者でもある。東次郎は旗本の、栄次郎は御家人の次男坊と身分差はあるが、直参でありながらふたりとも名取になるまで精進した。

ただ違うのは東次郎は武士を捨てるつもりはないということだ。

「じつは、吉次郎さんは今、あまり稽古が出来ないので、吉栄さんに譲ってくださいとのことでした」

「お屋敷のほうで何か」

以前にも屋敷のほうで問題があり、しばらく稽古に来なかったこともあった。東次

郎が三味線の稽古に専念出来ない事情があるのかと思ったが、

「そうではありません」

　と、吉右衛門は暗い顔で続けた。

「お屋敷の問題から一時期、稽古を休まれていました。その間、ほとんど三味線に触れず仕舞い。その後、稽古を再開しましたが、以前の勘が戻らないと嘆いていました」

「えっ？　以前の勘が戻らない？」

「稽古事は一日でも休めば、そのぶんを取り戻すには二、三日かかります。東次郎さんは半年以上三味線から離れていました。以前の自分を取り戻すにはまだ時が必要なのでしょう」

「私には、もう以前の吉次郎さんの三味線に戻っていると思えますが……」

「自分の中の問題です。僅かな何かが狂っているのです。それを乗り越えればまた飛躍出来ましょう」

「繊細なものなのですね」

「そういうわけですから、吉栄さんに立三味線をお願いします」

「わかりました。一生懸命務めさせていただきます」

栄次郎は応じたあと、

「師匠。つかぬことをお伺いいたしますが、旗本の増村伊右衛門さまを御存じでいらっしゃいますか」

と、口にした。

「増村さまなら何度かお会いしたことがあります」

吉右衛門はあっさり答えたが、

「増村さまがどうかしましたか」

と、怪訝そうにきいた。

「増村さまは長唄が好きだとお聞きしたので……」

栄次郎は曖昧に言う。

「増村さまもそうですが、奥方さまが踊りをお好きなのです。それで、ときおり、お屋敷に呼ばれています」

「そうなのですか。いったい、どういう縁で？」

「加納屋さんの仲立ちです」

『加納屋』は須田町にある小間物問屋だ。主人の加納屋徳兵衛は吉右衛門の弟子である。この稽古場で何度か顔を合わせたことがあるが、だいたいは師匠が加納屋の家まで出向く出稽古なので、滅多に会うことはない。

「加納屋さんは増村さまのお屋敷に出入りをしています」

「そうですか」

そういう縁だったのかと、栄次郎は合点したが、加納屋にきいたほうが気が楽だと、栄次郎は思いなおした。それに、加納屋のほうが吉右衛門より増村の屋敷を訪問している回数ははるかに多いに違いない。

「では、お稽古を」

吉右衛門は三味線を抱えた。

栄次郎は稽古を終えたあと、元鳥越町から浅草黒船町のお秋の家に向かった。

風が冷たい。きょうも厳しい寒さだ。お秋の家に着き、すぐ二階に上がる。部屋に手焙りが用意されていた。お秋の心遣いだ。

栄次郎は手をかざす。

加納屋にわざわざ会いに行くのは、こっちの腹の内をさらけ出すようでまずい。うまい手立てはないものかと悩んだ。

いい考えも思い浮かばないまま、栄次郎は三味線の稽古をはじめる。

師匠が言っていたように稽古をたった一日休んだだけでも感覚は薄らぐ。一日の空白を取り戻すまで二、三日かかる。その数日間は技の進歩が停滞しているのだ。それほど、技の修業は厳しいものだ。

長唄の越後獅子ももう何度も弾いているが、再び舞台にかけるとすればまた稽古をしなければならない。

前弾きから、節付けになり、

「打つや太鼓の音も澄み渡り、角兵衛角兵衛と招かれて……」

自分で唄いながら撥を振る。

何度も繰り返し、やっと小休止したのを待っていたかのように、

「栄次郎さん」

と、襖の外で声がした。

「どうぞ」

栄次郎が応じると、お秋が襖を開けて顔を出し、

「政吉親分がお出でですけど」

「上がっていただいてください」

「わかりました」

お秋は梯子段(はしごだん)を下りて行った。その間、栄次郎は三味線を脇に片づけ、政吉を待った。


梯子段を上がる足音が聞こえ、政吉がやって来た。

「お稽古を中断させてしまい申し訳ございません」

向かいに腰を下ろして、政吉は詫びた。

「いえ。構いませんよ」

「昨日の辻斬りの件でございます。やはり、被害に遭ったのは愛宕下の作次さんに間違いありませんでした」

政吉は無念そうに言った。

「今朝方、千駄木町(せんだぎちょう)のほうの自身番に、娘さんから父親が昨夜から戻って来ないという届け出があったってことです。それで、その方面を受け持っている同心の旦那から連絡があってはっきりしたというわけです」

「でも、千駄木のほうからわざわざなぜ天神下のほうまでやって来たのでしょうか」

栄次郎は疑問を呈する。

「娘さんも首をひねっていました」

政吉は言ってから、

「ただ、娘さんの話だと、この半月余り前から、作次さんは出かけることが多くなったそうです」

「それまでは出かけることはなかったのですか」

「そうです。隠居らしく、のんびり過ごしていたそうです。それなのに、半月余り前から、出かけることが多くなったのです」

「半月余り前に何かあったんですね」

「ええ」

「どこに出かけていたのかわからないのですね」

「ええ。そのことを娘さんが訊ねても、作次さんは何も言わなかったそうです。外出したときに辻斬りに出くわしたのかもしれませんが……」

「親分は単なる辻斬りではないと思っているのですか」

「いえ、そこまでは……」

「辻斬りの出没はいつごろからなんですか」

栄次郎は思いついてきく。

「ふた月ほど前からです」

「辻斬りが出没してひと月半ほど経って、作次さんは外出するようになったのですね」

「そうです」

「辻斬りと作次さんの外出が関わりあるかどうか、作次さんがどこになんのために出かけていたかを探る必要がありそうですね」

「矢内さまは、作次さんが辻斬りに関心を寄せていたと思っているのですね」

「わかりませんが、そのことも頭に入れておいたほうがいいかもしれませんね。もしかしたら、岡っ引きのときに関わった者に疑いを向けたのかもしれません」

「わかりました。作次さんが最後に何を探索していたのか調べてみます」

　政吉は頷いてから、

「そうそう、それからうちの旦那が言うには、はっきりしないが斬り口が微妙に違うようだと」

「微妙に違う？」

「ええ。他の犠牲者は左肩から骨まで見事に斬られていたんですが、作次さんの傷口は骨に斬り残しがあると」

「昨夜、悲鳴を聞いて駆けつけたとき、辻斬りは留めを刺そうとしていました。一刀では倒せなかったのです。それは作次さんが辻斬りを警戒していたからかもしれません。それに元岡っ引きだけあってとっさに逃げだしたので、辻斬りの剣が鈍ったとも考えられますが……」

栄次郎は首をひねった。

「ところで、矢内さま」

政吉は少し身を乗り出すようにして、

「矢内さまが見た辻斬りですが、もう一度確認させていただきたいのですが」

「痩身の面長で、鼻が高かったようです。やや、背が高いせいか、少し猫背ぎみでした」

「ありがとうございます。うちの旦那がこの特徴の男を探し出し、矢内さまに首実検をしていただきたいと申しています。その節はお願いしたいのですが」

「構いません」

「じゃあ、よろしくお願いいたします」

政吉は立ち上がった。

「作次さんが何をしていたかわかったら、教えていただけますか」

栄次郎もいっしょに階下まで行き、土間(どま)に下りた政吉に言った。

「よございますとも。また、お伺いします」

お秋が政吉を外まで見送った。

うきうきしながらお秋が戻って来た。

「政吉親分、素敵だわ」

「崎田さまに叱られますよ」

栄次郎は苦笑して言う。

「ただ遠目に見ているだけ。旦那には内緒よ」

お秋はいたずらっぽく笑ったあと、

「そうそう、今夜、来るのよ、旦那。栄次郎さん。つきあってくれるのでしょう」

「わかりました。崎田さまがお見えになったら呼んでください」

旗本増村伊右衛門のこともあるのでそう言い、二階の部屋に戻って三味線の稽古を続けた。

日暮前に、崎田孫兵衛がやって来た。いつもより、早い。

声をかけられ、栄次郎が階下の部屋に行くと、もう孫兵衛は寛いでいた。南町の年番方与力で、奉行所では偉い立場なのだが、ここにいる孫兵衛は単なる若い妾に鼻の下を伸ばしているただの男としか思えない。

酒を呑みはじめると、栄次郎はさっそく増村伊右衛門の件を持ちだした。

「崎田さま」

栄次郎は畏まった。

「なんだ？」

猪口を持ったまま、孫兵衛は栄次郎に目を向けた。

「じつは私の師匠杵屋吉右衛門はときおり旗本増村伊右衛門さまのお屋敷に長唄で呼ばれて行くのですが、師匠が妙なことを……」

師匠の名を出すことに気が引けたが、心の内で師匠に詫びながら、いなくなった女中のことを口に出そうとした。ところが、先に孫兵衛が言いだした。

「女中のことだろう。うむ、じつに不思議なのだ」

孫兵衛はなんの疑いもなく話しだした。

「増村どのは中間の三太郎が女中のおいくといっしょに逐電したと言っているが、三太郎とおいくはどこに消えたかまったく行方がわからないのだ」

「三か月ほど前からだそうですね」

「そうだ」

「おいくさんの実家はどこなのですか」

「深川北森下町の下駄屋の娘だ。行儀見習いに増村家に奉公したが、三か月前から便りがなく、ひと月待っても便りがないのでお屋敷まで様子を見に行った。そしたら、中間の三太郎といい仲になってふたりで欠落したと聞かされたそうだ。お屋敷に問い詰めても埒が明かないので奉行所に届け出たというわけだ」

「中間の三太郎とおいくがいっしょに欠落したのはほんとうなのでしょうか」

「増村どのはそう言っている」

孫兵衛は難しそうな顔をした。

「ふたりが欠落したとき、増村さまは、なぜおいくの実家に知らせなかったのでしょうか。おいくの実家ばかりではありません、おいくを斡旋した口入れ屋にも。それは三太郎についても言えますが」

「恥をさらけ出すことになるので放っておいたそうだ。奉公人同士がいい仲になってふたりで欠落したなど、世間に知れたらいい恥さらしだと思ったらしい。本来なら、ふたりを斡旋した口入れ屋やふたりの請人などを訴えてしかるべきをしなかったのは、恥を晒したくなかったからだと。恥を何度も強調していたらしい」

「恥ですか」

栄次郎は首を傾げ、

「今は恥をなんとも感じていないのでしょうか」

「あらぬ疑いをかけられるよりはいいと思ったのだろう」

「あらぬ疑いというのは？」

「おいくの実家では、おいくは殺されて庭に埋められているのだと騒いでいる」

「その根拠はなんですか」

「生きていれば、必ず知らせを寄越すはずだ、それがないのは殺されているからだと」

「それはどうなんですか」

「まさか、そんなことがあるはずない。ただ。おいくの消息がまったく摑めないとなると、ひょっとしてという考えも……」

孫兵衛は語尾を濁した。

「不思議ですね」

「しかし、奉行所としてはこれ以上何も出来ぬ。相手が旗本では手が出せぬ」

「三太郎の行方もわからないのですね」

「わからぬ」

「ふたりで江戸を離れた形跡は？」

「品川宿（しながわしゅく）、新宿（しんじゅく）、板橋（いたばし）宿、千住（せんじゅ）宿、それぞれにふたりに似た者が通らなかったか調べた。だが、なにせ三か月も前のことだ。手掛かりはなかった。さらに、その先の宿場でも、ふたりに似た男女を見たものはいなかった」

「でも、それだけで江戸を離れていないとは言い切れませんね」

「そうだの」

孫兵衛は曖昧に言い、

「ようするに何もわからないということだ」

と、ため息をついた。

「三太郎というのはどういう素姓の者なのですか」

「上州の出だ。侍になりたくて、江戸に出て来て武家奉公人になった。増村家の前にも別の屋敷で中間をしていたらしい。口入れ屋も請人に単に頼まれただけで、本人のことをあまり知らない」

ふと、孫兵衛は我に返ったように、

「なぜ、このことを気にする？」

と、きいた。

「いえ。ただ、不思議だと興味を持っただけです」

栄次郎が御徒目付矢内栄之進の弟だとは、孫兵衛は想像さえもしていないようだっなのだ。

た。孫兵衛にとって栄次郎は、妾の知り合いで三味線道楽の気楽な部屋住というだけ

「では、私はそろそろ」

栄次郎は別れの挨拶をする。

「なんだ、もう帰るのか」

孫兵衛はつまらなそうに言う。

「はい。明日早く、師匠の家で踊りの役者さんとの合わせ稽古がありますので」

栄次郎は言い訳を言って立ち上がった。

孫兵衛は酒がまわってくると、絡むようになってくるので、栄次郎はその前に引き上げることにしていた。

お秋が目配せをした。あとは任せてと言っているのだ。

お秋に見送られて、栄次郎は帰途についた。

辻斬りの件とおいくの失踪。ふたつのことが栄次郎の頭の中に入り交じり、本郷の屋敷に帰っても、そのことが頭から離れなかった。

三

　翌朝、栄次郎は北森下町にやって来た。

　おいくの実家の下駄屋は小商いの店が並ぶ中にすぐ見つかった。栄次郎は店に入った。店番をしていたのはおいくの父親らしい男だった。

「私は矢内栄次郎と申します。おいくさんの件でお話をお伺いしたいと思いまして」

「矢内さま?」

　父親らしい男は立ち上がって、

「ひょっとして矢内栄之進さまの?」

「弟です」

「そうですか。さあ、どうぞこちらに」

　父親は栄次郎を小部屋に通した。

　しばらくして父親が部屋に入って来て、差向いになった。栄次郎は気になって、

「店番はよろしいのですか」

　と、きいた、

「伜に代わってもらいました。おいくの兄です」

「そうですか」

兄は庄吉という名だと、父親は言った。

「まだ、おいくさんの行方がわからないそうですね。ご心中、お察しいたします」

「奉行所にも訴えましたが埒が明きません。御徒目付の矢内栄之進さまがやって来られて、必ずおいくの行方を探すと約束してくれました。でも、もう生きて二度とおいくに会えるとは思っていません」

「なぜですか」

「おいくは死んでいるからです」

「死んだ?」

「はい。増村の殿さまは、中間と示し合わせて逃げたと言ってましたが、そんなことありません。生きていれば、必ずここに連絡を寄越します。それがないのは死んでいます……」

父親は嗚咽を漏らした。

「おいくさんが死んだということですが、どうしてそう思われたのですか」

「行者に相談したのです。すぐ祈禱してくださり、すでに死んでいると聞かされました。殺されて土の下に埋められていると……」

「その行者はどうしてそのことがわかったのでしょうか」

「霊験（れいげん）あらたかな行者です。なんでもお見通しなのです」

「その行者は増村さまのお屋敷の庭だと言ったのですか」

「いえ。ただ、土の中にいるというだけです」

「土の中？　死んでいるということですか」

「そうです」

「でも、増村さまのお屋敷だと言い切ったわけではないのですね」

「はい。でも、いなくなったことを増村さまは私にも一切話してくれませんでした。あんまりじゃありませんか」

父親は怒りに声を震わせた。

増村伊右衛門は奉公人に逃げられた恥をさらしたくなかったということだが、父親には苦しい言い訳としか受け取れないはずだ。

「おいくさんからはよく知らせはあったのですか」

「はい。月に一度は手紙が参りました」

「どのようなことが記されていたのですか」

「ただ、身辺のことを書いてきただけです」

「その中に、増村家のことについて書かれたことは？　たとえば、増村家の秘密に触れるようなことが書いてあったことは？」

「いえ、そんなことは書いていません」

「中間の三太郎のことは何か書いてありましたか」

「いえ、何も」

「そうですか」

「私はおいくが死んでいると思っています。ただ、土の中に埋められているとしたら早く出して供養してやりたいのです」

父親はすがるように、

「早く増村さまの屋敷の庭を掘らしていただきたいのです。どうか、栄之進さまにそのことをお願いしてください。今の私どもには栄之進さまだけが頼りなんです」

「兄もこの件には心を砕いております。きっとなんとかするはずです」

師匠の吉右衛門が増村家を訪問している縁での探りを口にしたが、兄は栄次郎にもっと深くこの問題に関わってもらいたいという思いがあったのではないか。

自分が兄に代わってこの件を調べてみようと、栄次郎は意を決した。

「もし、おいくさんのことで何かあったら教えていただけませんか。浅草黒船町のお秋というひとの家を訪ねてください」

栄次郎は念のために言い残して引き上げた。

帰りは新大橋を渡り、神田須田町にある『加納屋』の店先に立った。小間物問屋だ。

土間に入り、店内をみまわすと、武家の妻女らしい女子に説明をしている主人の徳兵衛が目に入った。

栄次郎は土間の隅で立って、徳兵衛が話し終わるのを待った。

若い女から年配の女までいて、店は繁盛していた。最近になって売り出した甘い香りの鬢付け油を買い求める客が多いようだった。

「吉栄さんじゃありませんか」

いつの間にか、徳兵衛が近くに来ていた。

「すみません。お忙しそうなところを」

「いや、構いませんよ。それよりなにか」

徳兵衛が微笑みながらきく。

「じつは、師匠から聞いたのですが、加納屋さんは旗本の増村伊右衛門さまと親しくしていらっしゃると……」

「もともとは商売で出入りを許されているだけでしたが、師匠のおかげで親しくさせていただいております」

「ときおり、師匠もお屋敷に招かれるとか」

「奥方さまも芸事が好きで、増村の殿様といっしょに師匠の唄と三味線を楽しまれます。増村さまのことで何か」

ふと、徳兵衛は真顔になった。

「じつは……」

栄次郎の表情が曇ったのを見て、

「吉栄さん。場所を変えましょう」

と言い、徳兵衛は栄次郎を部屋に上げた。

内庭に面した部屋に通され、改めて栄次郎は切り出した。

「増村さまのお屋敷に奉公していた三太郎という中間とおいくという女中が三か月前から姿を晦ましているそうです。そのことを御存じでいらっしゃいますか」

「いえ、知りません」

徳兵衛は嘘をついているようには思えなかった。

しかし、考えてみれば、お屋敷に上がってもそのような話題になるはずはなく、知らなくても当然だ。

「吉栄さん。それはほんとうなのですか」

「はい。じつはおいくの実家に行き、父親から話を聞いてきました。増村さまのお屋敷に奉公にあがった娘のおいくは毎月便りを寄越していたそうですが、三か月前から途絶えたので、ひと月後にお屋敷を訪ねたところ、三太郎という中間といっしょに欠落したと聞かされたそうです」

「そのようなことがあったのですか。それは、増村さまもお困りだったでしょう。奉公人がふたりもいなくなってしまっては……」

「三太郎という中間とおいくがいっしょに欠落したというのは、あくまでも増村さまのほうの言い分でして」

「えっ？」

徳兵衛は驚いたように目を見開き、

「どういうことなのですか」

と、やや身を乗り出した。

「おいくさんの父親は行者に行方を見てもらったそうです。そしたら、土の下にいると」

「土の中？」

「殺されて土の下に埋められているのだと、父親は考えているのです」

「…………」

徳兵衛は啞然としている。

「それで奉行所に訴え、改めて奉行所から増村さまに話をきいてもらったところ、やはり三太郎という中間とおいくという女中がいっしょにいなくなった。ふたりは示し合わせて欠落したという返事だったそうです」

栄次郎はさらに続けた。

「奉行所のほうで三太郎とおいくの行方を探したようですが見つけ出せなかったのです。江戸を離れた形跡はないそうです。おそらく、金もあまり持っていないでしょうから、どこに隠れたにしてもそう長くは潜（ひそ）んでいられないはずだと思います」

「だから、殺されていると？」

徳兵衛は眉根を寄せてきいた。

「父親はそう考えています」

「どこに埋められていると？」

徳兵衛の声が微かに震えた。

「それは……」

栄次郎は言い澱んだ。

「まさか、増村さまの屋敷……」

「父親はそう考えています。関わりない者からすれば、ばかばかしいでしょうが、父親はそう思い込んでいます」

栄次郎は間を置き、

「そこで、なんとか父親の誤解を解いてやりたいのです。このままでは増村さまにもいい迷惑でしょうし、父親も不幸です」

「そうですか。それは困った事態ですね」

徳兵衛は眉を寄せ、

「でも、どうしたらよいのでしょうか」

「お屋敷の庭を、父親に見せて納得してもらうのがいいのでしょうが、そのようなことを増村さまが許すとは思えません。自分に疑いがかけられただけでもご不快なはず」

「そうでしょう。殿さまは気位の高いお方。そんなことはさせますまい」

「はい。そこで、加納屋さんにお願いというのは、他の中間や女中などの奉公人で見知っているひとをお引き合わせ願えたらと思ったのです」

「奉公人ですか」

「仮に庭にひとを埋めたとしたら、奉公人の誰かが気づいていたかもしれません。奉公人の誰も気づかなかったと父親が知れば誤解だったことがわかるのではないかと」

「そうですね。でも、残念ながら私はほとんど奉公人とは関わりありません」

「そうですか」

栄次郎は残念そうにため息をついたが、これははじめから想定していたことだ。

「では、ご用人どのはいかがですか」

「殿さまにお会いしに行くときは、必ず用人どのを介しております。ですから、用人どのとは親しくさせていただいていますので、お引き合わせすることは出来ますが……」

徳兵衛はいくぶん声をひそめ、

「しかしながら、用人どのに会っても無駄だと思われます」

「なぜですか」

「仮に非があろうと、用人どのはお殿さまに不利なことは話しますまい。用人どのの話がどこまで信用出来るかどうかわかりません」

「仰るとおりです」

　このことも想定済みだった。

「やはり、増村さまに直接お会いしてお訊ねするしかありません。こうなったら、いたしかたありません。加納屋さん、今度増村さまのお屋敷にお伺いするとき、私も連れて行っていただけないでしょうか」

「吉栄さんを？」

「はい。増村さまに私からお話をしたいと思います。ただ、そのような魂胆のある者をいきなり連れて行って、加納屋さんにご迷惑がかかってもいけません。まず、私がおいくさんの失踪の件で、奉公人のお方から話を聞きたがっていると話していただけたら……」

「お断りなされると思いますが」

「それならそれで構いません。ただ、万が一ということもありますので」

「吉栄さんの頼みゆえ、なんでもしてさしあげたいのですが、やはりこればかりは」

　徳兵衛は考えた末にそう答え、

「やはり、私でさえも、とんでもない言いがかりに思えます。殿さまを疑うなんて、とんでもないことでございましょう」

と、突き放すように言った。

「失礼ですが、加納屋さん」

栄次郎は居住まいを正した。

「おいくが姿を晦ましているのは事実です。実家では生きているのか死んでいるのか心配してずっと苦しんでいます。しかるに、おいくがいなくなったあとも奉公先の主人である増村さまから一切知らせはなく、ひと月後に父親がお屋敷に行き、はじめて三太郎という中間といっしょに逐電したと知らされたのです。なぜ、いなくなったと気づいたとき、増村さまは手を打っていただけなかったのでしょうか。もし、すぐに奉行所が動けば、ふたりを見つけることが出来たかもしれません」

「それは御家の恥になるという理由からではございませんか」

「御家の恥とひとの命。どちらが大切でしょう。旗本の増村さまの体面のほうが町人の娘の命より大事なのでしょうか」

「…………」

「もし、ほんとうに三太郎とおいくがいっしょに逐電したのなら、すぐに奉行所なりに届けるのが筋ではありませんか。御家の恥というより、増村さまはふたりのことに気づかない雇主としての失態を知られたくないからではありませんか」

「吉栄さん。そこまで言うのは……」

「『加納屋』さんで同じようなことが起きたらどういたしますか。やはり、女中の実家には黙っていますか。相手が旗本だから気を使う。このようなことはおかしくありませんか。増村さまのほうにも、明らかに落ち度があります。それなのに、相手が旗本だからといって気を使わなくてはならないのでしょうか。ひとの命に関わっていることならば、増村さまにはもう少し誠意を持ってことに当たっていただきたいのです」

「………」

「加納屋さん。このままでは増村さまがほんとうのことを語っているのかどうかも疑わしくなってきます。三太郎とおいくがいっしょにいなくなったというのも増村さまの言葉だけなのです。それを裏付けるものは何もないのです」

　栄次郎はここぞとばかりに、

「このままふたりが見つからなければ、増村さまに妙な疑いがかかったままになってしまいます。加納屋さんには、増村さまのために私を引き合わせるべきかどうかをお考えください」

徳兵衛は考え込んでいたが、

「わかりました。明日、お屋敷にお伺いする予定になっています。ただし、殿さまが承知なさるかどうかはわかりませんが」

と、頭を下げた。

「ありがとうございます」

栄次郎は頭を下げたが、それさえ増村伊右衛門が許すとは思えなかった。だが、それでもかまわない。そういう訴えがあるということだけでもわかってもらえればいいと思った。

四

ふつか後の昼前、栄次郎は神田須田町にある『加納屋』に寄った。

先日と同じ部屋で、徳兵衛と差向いになった。が、徳兵衛の表情が硬いので、増村伊右衛門の件はうまくいかなかったのだと思った。

「吉栄さん。やはり、聞き入れていただけませんでした」

いきなり、徳兵衛は切り出した。

「そうですか」

「殿さまが仰るのは、失踪したあと、すぐに知らせることはふたりの罪を明らかにすることになる。本来ならば、おいくの実家にも償いをさせたいところだが、家族に不憫と思って諦めたのだ。知らせなかったのは当方の温情からだ。あとから、おいくが家族には事情を伝えるはずだ。そう思ってのことだそうにございます。さすが、殿さまとこの徳兵衛は感じ入った次第」

徳兵衛は目を細めて言った。

「なるほど。では、ひと月経っても連絡のない娘を心配してお屋敷を訪ねた父親になぜ、欠落のことを告げたあとも、その件について奉行所に訴え出なかったのでしょうか。それより、奉行所の問い合わせにもあまり答えようとしなかったのはなぜなのでしょうか。家族への温情で黙っていたのなら、そのことがわかった時点で、なぜふたりを探すことに手を貸そうとしなかったのでしょうか」

栄次郎はそこまで言って、

「いいえ、これは私の独り言です」

と、あわてて言い、

「加納屋さん。ご面倒なお頼みをして申し訳ございませんでした」

「いえ。お役に立てず……」

徳兵衛は困惑したように言う。

増村伊右衛門の弁明を聞いて感じ入ったが、栄次郎の不審を聞いて、徳兵衛はまた考え込んでしまったようだ。

「そのうち、三太郎とおいくは見つかるでしょう。そしたら、すべて解決します。それまで待つことにします」

栄次郎はそう言い、礼を言って立ち上がった。


栄次郎は『加納屋』を辞去し、浅草黒船町のお秋の家に向かった。

浅草御門をくぐろうとしたとき、背後から声をかけられた。

「矢内さま」

栄次郎は立ち止まって振り返った。

「親分」

政吉だった。手下を連れている。

「黒船町に行くところでした。ちょうどよございました」

「何かありましたか」

「ええ、矢内さまが見かけた辻斬りの人相によく似た浪人を見つけたのです。矢内さまに首実検を願えないかと思いまして ね」

「わかりました。でも、よく見つけましたね」

「ええ。ちょっと向こうへ」

政吉は柳原の土手のほうに足を向けた。

人気のないところで立ち止まり、政吉は口を開いた。

「浪人なら仕事探しで口入れ屋に出入りをしているのではないかと見当をつけて手下に口入れ屋を当たらせていたのです。そしたら、本所横網町にある口入れ屋の主人が、面長で鼻の高い浪人がやって来ると言うんです。加田又三郎という名で、きのうまで同じ町内の酒問屋の主人の用心棒をしていたそうです。金が入ったせいか、きょうは現れなかったそうですが……」

「住まいは？」

「亀沢の裏長屋です。きょうは骨休みしているのだと思って、長屋に行ってみましたが、留守だったってことです」

政吉は脇にいる手下に顔を向けた。

「へい。長屋の住人の話では昼前に出かけて行ったってことです」

手下が答える。

「で、話を聞いてあっしも夕方に長屋に出向くつもりでいたのですが、どうせなら矢内さまにもごいっしょしていただけたらと思った次第で」

「喜んでごいっしょします。どうしたらいいでしょうか」

「暮六つに、亀沢町の自身番の前でお待ちしています」

「わかりました」

「じゃあ、お願いします」

「あっ、親分」

栄次郎は呼び止める。

「作次さんが何をしていたのかわかりましたか」

「いえ、わからねえんで。作次親分の縄張りを受け継いだのが一番の手下だった亀三(かめぞう)さんで、その亀三さんが弔(とむら)いに来たのできいてみたのですが、首を傾げていました」

「捕り物時代に、未解決で作次さんが心を残していた事件はなかったのですか」

「あったそうです。三年前に、芝宇田川町(しばうだがわちょう)の線香問屋に押込(おしこ)みが入り、一千両が盗まれたって事件があったそうです。亀三さんの話だと、作次親分はこの押込みの探索が不調に終わったことを口惜しがっていたそうです。作次さんにとって唯一の心残りがこの押込みだったってことです」

「では、もし、その押込みについて何か摑んで、ひそかに探索をはじめていたということは考えられますね」

「亀三さんは、押込みの件で何か摑んだとしたら、自分にも知らせてくれるはずだと言ってました。それがないのは、それとは別なことで動いているのか、あるいはまだ確信がなかったからだろうと話していました。それより」

　と、政吉は続けた。

「亀三さんの話では、作次親分は引退する間際に、神明宮（しんめいぐう）の近くで通行人を待ち伏せているような怪しい素振りの浪人を見つけたそうです。作次親分に気がついて浪人は逃げだしたそうですが、辻強盗を働こうとしていたのではないかと言っていたそうです」

「そうですか」

「辻斬りが、そのときの浪人ではないかと思って、辻斬りを探していたのではないかというのが亀三さんの考えでした」

「そうですか。ともかく、加田又三郎という浪人に会ってみます。ただ、私は頰被（ほおかむ）りをした顔を見ただけですから、辻斬りだと言い切ることは出来ませんが」

栄次郎はそのことを断った。

「ええ、そのつもりでおります。もし、似ていたら、今後、動きを見張るだけです」

栄次郎の感想によっては加田又三郎はずっと見張られることになる。そう思うと、慎重にならざるを得ない。

「じゃあ、暮六つにお願いします」

政吉は言い、去って行く。

栄次郎は改めて、お秋の家に向かった。

辺りが薄暗くなってきて、栄次郎は両国橋(りょうごくばし)を渡り、亀沢町の自身番の前にやって来た。

政吉の手下が待っていた。

「親分、矢内さまがいらっしゃいました」

手下はすぐ自身番の番人と話し込んでいる政吉に声をかけた。

政吉が出て来た。

「どうもわざわざ申し訳ありません」

政吉が恐縮したように言う。

「いえ、私にも関わりのあることですから」

どうしようもなかったとはいえ、作次を助けられなかったことに、栄次郎は胸を痛めている。

加田又三郎があのとき対峙した浪人かどうか、栄次郎は気持ちが逸った。

「行きましょうか」

政吉が促した。

「さっき確かめたら、浪人は長屋にいました」

政吉の案内で、長屋までやって来たとき、ちょうど長屋木戸から出て来た浪人がいた。よれよれの袴で、顔も無精髭が汚らしい。

栄次郎は浪人の顔を見た。痩せていて、細面だ。雰囲気も似ていた。だが。鼻の形が違う。辻斬りのほうは細く高い鼻梁だったが、目の前の浪人の鼻は高くても横に広い。それに、辻斬りのほうがもっと背が高かった。

浪人はすれ違って行く。

「いかがでしたか」

政吉が確かめる。

「違います。今の浪人じゃありません。鼻の形が違うのと、辻斬りのほうがもう少し背が高かった」

「そうですか。違いましたか」

政吉は落胆した声で、

「矢内さまには無駄足を踏ませてしまいました」

「そんなことありませんよ。ひとつひとつ潰していかなければならないのですから」

栄次郎は何事にも無駄はないと言った。

「ただ、念のために加田又三郎どのに誰かと間違われたことはないかと確かめてもよいかもしれませんね。雰囲気はよく似ていますから」

「そうします。では」

政吉は浪人のあとを追った。

栄次郎は再び両国橋を渡って引き上げた。


本郷の屋敷で、久しぶりに夕餉（ゆうげ）を兄といっしょにとった。給仕の女中がいるので、食事の間は増村伊右衛門のことは話題に出来なかった。

夕餉のあと、栄次郎は兄の部屋に行った。

「兄上、増村さまの件ですが」

と切り出し、兄弟弟子になる加納屋徳兵衛とのやりとりを話した。

「加納屋さんは、実家に知らせなかったのは温情からだという増村さまの弁明に心を打たれたようですが、その思いと実際の増村さまの行動はかけ離れているように思えます。だからといって、おいくの亡骸が庭に埋まっていると思いはしませんが、何か増村さまには隠していることがあるように思えてなりません」

「じつは先入観を与えてはまずいと思い、増村家の事情について、あえてそなたに話さなかったことがある」

兄が厳しい顔をした。

「なんでしょうか」

思わず、栄次郎はきき返す。

「増村どのの奥方は、三千石の旗本河本主水丞さまの娘だそうだ。増村家は奥方の実家からかなりの援助をもらっているらしく、そのため奥方には頭が上がらないようだ。常に、奥方の顔色を窺って動いているらしい。奥方は嫉妬深いお方だそうだ」

「嫉妬深い……」

栄次郎ははっとして、

「兄上は、増村さまが女中のおいくに手をつけたとお考えなのですね」

と、確かめた。

「おいくは器量のよい娘だったそうだ。増村どのがおいくに心を惹かれていくのもあり得ないことではない」

「おいくとの関係が奥方にばれて、おいくを手討ちにしなければならなくなった……」

「そうだ。増村どのが自ら手討ちにしたのか。それとも、奥方が誰かに命じたか」

「中間の三太郎におおいくを殺すように奥方が命じたというのですか」

「そういうことも考えられるということだ。おいくを庭に埋め、中間の三太郎はどこかに逃亡させる、いずれ、おいくの失踪が明らかになったときに備えてのことだ」

「そこまでお考えだったのですか」

栄次郎は驚いてきいた。

「だが、証はなにもないのだ。ただ、今ある事実は三太郎とおいくがいなくなったということだけ」

「奉行所は三太郎とおいくのふたりの行方を追っていましたが、三太郎ひとりで逃亡したのなら探索にも引っ掛からなかったかもしれませんね」

増村家から多額の金をもらっておいくを殺して庭に埋めて、三太郎は屋敷を飛び出した。今頃は江戸を離れたか……。

「兄上はそこまでお調べでしたか」

栄次郎は感心したように言う。

「あくまでも憶測だ。証はない。だから、そなたに頼んだ」

「私も今の兄上のお考えは間違っていないように思えます。改めて、その証を探ってみます」

「うむ。頼んだ」

兄は言ってから、

「じつは奥方の実家の河本主水丞さまより抗議があり、我らのこれ以上の探索は出来なくなったのだ。むろん、だからといって、探索をやめるわけにはいかぬ」

「私はおいくの父親と約束しました。必ず、おいくを見つけ出すと。ですから、この件は私の問題として取り組みます」

そのとき、襖の外で母の声がした。

「栄之進、入りますぞ」

「どうぞ」

兄が答える。

母が入ってきた。

「栄次郎もここにいたのですか」

「はい。もう私のほうは用件が済みました。では」

栄次郎は腰を上げた。

「待ちなさい」

母が引き止めた。

「栄次郎にも関わりあること、いっしょにお聞きなさい」

「はい」

栄次郎は戸惑いながら兄の横に腰を下ろした。

兄も気づかれぬようにため息をもらした。母の用件はわかっている。兄の後添いの話だ。ついでに、栄次郎にもお鉢が回ってくる。

観念して、母の言葉を待つ。

「栄之進。またかとお思いでしょうが、後添いの話です」

母が切り出した。

「さる大身の旗本の娘さんです。じつは、一度嫁がれていますが、なんらかの事情で離縁になったそうです」

「母上。私は……」

「栄之進」

母が鋭く口をはさむ。

「もう何年独り身でいるのですか。後添いをもらうことは矢内家を守っていくことになるのです。早く、跡継ぎを作って……」

「母上。お言葉ですが、私に万が一のことがあれば、栄次郎がおります」

「えっ、兄上」

栄次郎は驚いて兄をみる。

私は家を継ぐ気はありませんと、喉元まで出かかった。

「栄次郎は別の御家に養子に行く身です。そうなったら、矢内家に戻って来られません。あくまでも矢内家は栄之進、そなたが守っていくのです」

「…………」

兄は言葉を失っている。

「母上」

栄次郎は口をはさんだ。

「兄上は私との暮らしを第一に考えてくださっているのです。兄上に後添いが参れば、私はこの屋敷を出て行かなければなりません。兄上は私のために……」

「わかっています」

母はしんみりとした声で、

「栄之進が栄次郎を大事に思っていることはよくわかっています。私も栄之進の気持ちをありがたく思っています。私とて、今のままの暮らしが未来永劫続くなら何も申すつもりはありません。なれど」

母は一拍の間を置き、

「誰も歳をとっていきます。いずれ、私も病に臥し、この世を去るときが参るのです。そのことを考えたら迷っている間はないのです」

と、涙ぐんで言う。

母の涙に、栄次郎も兄もはっとした。決して、ひと前で涙を見せるような母ではなかった。

「母上、わかりました。そのお話、お受けいたします」

「兄上」

栄次郎は思わず叫ぶ。

「母上」

兄は続けた。

「お受けいたしますが、先方に正式にお返事をされるのはあと半月ほど猶予をいただけませぬか。それまでに、私の気持ちもはっきりと固めておきます」

「よろしいでしょう。母も安堵いたしました。ちなみに、相手は大身の……」

「母上。先方の名も半月経って後にお伺いいたします」

「そうですか。わかりました。では、母はそのつもりで今後のことを進めてまいります」

そう言ってから、母は栄次郎に顔を向け、

「次はそなたです」

と言い、腰を上げた。

母が部屋を出て行ったあと、複雑な顔の兄に、

「兄上、よろしいのですか」

と、栄次郎はきいた。

「母上の涙を見て、思わずあのように答えてしまったが……」

「今さら、引っ込めることは難しいですよ」

「うむ」

兄は腕組みをして考え込んだ。

「ただ、ひとつだけ」

栄次郎は光明を見つけたように言う。

「なんだ？」

「先方は大身の旗本の娘のようですね。以前にも、大身の旗本の娘との縁談があったとき、我が家を見下(みくだ)した態度をとったと母上は激怒されていました。家格の違いは不縁のもとです。折りを見て、私から母上にこのことをそれとなく話してみましょうか」

「そうよな。うむ、そうしてもらおうか」

兄の表情が明るくなった。

「やってみます」

栄次郎は自分の身にも降りかかることなので、力強く請け合った。

五

翌朝、栄次郎が本郷の屋敷を出て、湯島の切通しを下り、湯島天神の男坂下のほう

から下谷広小路に向かいかけたとき、

「もし、矢内さま」

と、声をかけられた。

立ち止まって振り返ると、三十前後の商人ふうの男が笑顔で近付いて来た。

「あなたは？」

「はい。先日、辻斬りが出たときにお会いしました西京堂長四郎でございます」

「西京堂さん」

神田佐久間町で香道具屋を営んでいる西京堂長四郎だった。

香道とは、香木を焚き、香りを楽しむ禅にも通じる芸事で、聞香と組香などの遊びがあるらしい。

「女坂を下りてきましたら、矢内さまをお見かけしたので、失礼かと存じましたがお声をかけさせていただきました」

「そうですか。私もあなたにはお会いしたいと思っていたところです」

「それはありがたいことで」

下谷広小路のほうに足を向けながら、

「あのときはほんとうに驚きました。ただ、作次さんというお方を助けて差し上げられずに残念でございます」

　長四郎は残念そうに言う。

「どうしようもなかったと思いながらも、なんとかならなかったかと悔いが残ります」

　栄次郎も素直に言った。

「その後、手掛かりは？」

「何もわからないようです。ただ、殺された作次さんが毎夜、出歩いていたのは辻斬りに心当たりがあり、正体を確かめるためだったとも考えられるということでした」

「辻斬りを知っているということですか」

「もし、あのとき、息があれば何か手掛かりを聞くことが出来たのですが……」

　御成り道に出たとき、長四郎が立ち止まり、

「矢内さまはこれからどちらに？」

　と、きいた。

「元鳥越町です」

「お急ぎですか」

「三味線の稽古に師匠のところに行くところです」

「よろしければ私の家にお立ち寄りくださいませんかと、お誘いしたかったのですが。あっ、そういえば、浅草黒船町のお秋さんの家にいると政吉親分にお話しになっていましたね。よろしければ、あとでそこにお邪魔してもよろしいでしょうか」

「ええ、どうぞ。そこでよろしければお待ちしています」

「では、昼過ぎにお邪魔いたします」

そう言い、長四郎は佐久間町のほうに去り、栄次郎は御徒町を抜けて元鳥越町に向かった。


師匠の家からお秋の家に移って、栄次郎は三味線の稽古をはじめたが、ふとしたときに兄から聞いた増村伊右衛門のことが脳裏を掠め、撥捌きを狂わせた。

伊右衛門が女中のおいくに手をつけ、嫉妬した奥方が中間の三太郎に命じておいくを成敗したという想像が妙に真実味をもって栄次郎に迫ってくるのだ。

もしそうだとしたら、おいくは殺されていることになり、三太郎はひとりでほとぼりが冷めるまで江戸を離れることになったか。いや、悪い想像をすれば、三太郎も無事でいるかどうかわからない。

そんなことが頭の隅にあると、気が散って三味線の間が微かにずれて、そのたびに最初から弾き直す。

おいくがどこぞに埋められているとしたら、早く出して供養してやりたい。おいくのふた親の気持ちを考えると、胸が痛むのだ。

旗本屋敷で起こったことをあとから調べるのはとうてい困難だ。確たる証があるならともかく、勝手な想像だけだ。

夕方の七つ（午後四時）頃になって、西京堂長四郎が訪ねて来た。お秋に話してあったので、二階の部屋に通した。

「失礼いたします」

長四郎は部屋に入って来た。

「お稽古の邪魔をしてはいけないと思いましたが、来てしまいました。どうぞ、お許しになってください」

「とんでもない。じつは、情けない話ですが、きょうは稽古に身が入らず、くさくさしていたところなので大歓迎です」

栄次郎は正直に言った。

「そう言っていただいて安堵いたしました」

長四郎は頭を下げて、

「失礼ですが、矢内さまとここのお秋さんはどのようなご関係なのですか」

と、不思議そうにきいた。

「昔、私の屋敷に女中奉公していたのです」

嫁に行くので女中をやめたが、数年で離縁し、町中で再会したとき、崎田孫兵衛の妾となってこの家に住んでいた。

もちろん、このことは誰にも言わない。長四郎にもだ。

「西京堂さんはいつからお店を？」

「長四郎とお呼びください」

そう言って、長四郎は続ける。

「佐久間町に店を開いたのは半年前でございます」

「半年前ですか」

「はい。それまでは麴町の香道具屋で奉公しておりました。ところが、旦那が亡くなり、若旦那の代になって、どうも居心地が悪くなってお店をやめました。貯えも少しあったのと、茶道をかじったことがあったので、香道具の店を思い切ってはじめたのです」

「西京堂という屋号からすると、出は京なのですか」

「いえ。常陸(ひたち)の牛久(うしく)です。麹町の香道具屋が京の出店だったので、やはり香道具なら京の匂いがする屋号にしないといと思いましてね」

「そうですか」

「矢内さまは……」

「栄次郎とお呼びください」

栄次郎は微笑んで言う。

「ありがとうございます。栄次郎さまはひょっとして市村座の舞台で三味線を弾かれていませんでしたか」

長四郎はきいた。

「ええ、地方(じかた)で。長四郎どのは芝居を？」

「はい。好きでよくみます。そうですか、やはりあの三味線弾きが栄次郎さまでしたか。あっ、失礼しました。私の家内が、栄次郎さまを見てうっとりとしていましたのでよく覚えておりました」

「これは、恐れ入ります。でも、よく三味線弾きに目がいったものですね。普通は立方の役者に目がいくものでしょうが」

「栄次郎さまは男の私から見ても色気があります。目立ったのでございましょう。栄次郎さま。ぜひ、今度は私の家に来ていただけませんか」

「わかりました。寄せていただきます」

「ありがとうございます」

長四郎は頭を下げたあと、

「最前、私がやって来たとき、きょうは稽古に身が入らず、くさくさしていたところなのですと仰っておいででしたが、何かございましたか」

と、不思議そうにきいた。

「お恥ずかしいことをお耳に入れてしまいました。私はいつも師匠から叱られるのですが、他に考え事があると、三味線に集中出来ない弱点があるのです。その弱点をいまだに克服出来ない自分自身が情けなくなりましてね」

「栄次郎さまを悩ます事とはなんでございましょうか」

長四郎は興味深そうにきいた。

「いえ。行方不明になった女のひとの消息が摑めず、少し焦っていたのです」

「行方不明ですか」

「男といっしょに欠落したのかもしれないのですが、命の心配もあるので気になっているのです」

「さようでしたか。それなら、今度、心を穏やかにする香をお持ちいたしましょう」

「ときおり、お秋さんが香を炷いてくれますが」

長四郎は床の間に目を向け、

「香炉はございますね」

と、呟いた。

「聞香なども流行っているようですね」

栄次郎はきいた。

「はい。いまはお武家さまだけでなく、一般の商家のお方も聞香に興じておられます」

香を炷き、香りをかぐのだ。

栄次郎はふと思いついて、

「長四郎どののお得意先には旗本もいるのでしょうね」

「はい、奥方さまもやられるお方が多いようです」

「つかぬことをお伺いいたしますが、お得意先に、旗本の増村伊右衛門さまはいらっしゃいませんか」

「いいえ。増村さまはいらっしゃいません」

「そうですか」

栄次郎はそんな都合のよいことはないと思いながらも落胆した。

「栄次郎さま。増村伊右衛門さまがどうかいたしましたか。ひょっとして、行方不明になった女のひとの件と関わりが？」

長四郎は鋭い勘を見せた。

「ええ……」

栄次郎は否定しなかった。

長四郎は栄次郎の心を察したように、

「ひょっとして、増村さまが行方不明の女のひとの行方を知っているかもしれないというのではありませんか」

「どうして、そう思いましたか」

栄次郎は驚いてきく。

「もし増村さまが私どもの得意先だったら、増村さまと引き合わせてもらいたいと仰るのではないかと思いましたもので」

「そのとおりです」

栄次郎は感心したように言う。

「どうしても、増村さまにお会いする必要がおありなのですね」

「そうしたいのですが」

「わかりました。やってみましょう」

長四郎が請け合う。

「どういうことですか」

「増村さまに出入りの商家を探し出し、その紹介でお屋敷に香炉をお持ちし、出入りを許されるようになります。香なら奥方に気に入っていただけると思いますので」

「長四郎どの。それはいけません」

「いえ、私の商売の益にもなることですから」

「でも、私の出方によっては、長四郎どのもすぐ出入り差し止めになってしまうかもしれません」

「そのときはそのときで、仕方ありません。栄次郎さまのお役に立てるのであればなんとも思いません」

「長四郎どの」

「どのはいけません。呼び捨てになさってくださいい」

「そうはいきません。では、長四郎さん」

「はい」

「私はまだ長四郎さんに詳しい話をしていません」

「増村さまにお近付きになるなら、何も知らないほうがいいと思います。私はあくまでも香を勧めるつもりで増村さまにお会いしたいと思います」

「そうですか。わかりました」

「では、さっそく増村さまのお屋敷に出入りをしている商人を探してみます」

長四郎は腰を上げた。

「お待ちください」

栄次郎は声をかけ、

「増村さまのお屋敷に出入りをしている商人をひとり知っています」

栄次郎は脳裏に加納屋徳兵衛の顔を浮かべて、

「須田町にある小間物問屋『加納屋』の主人徳兵衛さんは私とは杵屋吉右衛門師匠門下の兄弟弟子になります。加納屋さんに頼んでみます」

「お引き受けいただけるでしょうか」

長四郎は不安そうにきく。

「だいじょうぶだと思いますが、確かめてからお知らせします」

「わかりました」

「今、いるかどうかわかりませんが、訪ねてみます」

そう言い、栄次郎も立ち上がった。

栄次郎は長四郎とともに神田須田町にある『加納屋』に向かう途中、佐久間町にある長四郎の店に寄った。『西京堂』はこぢんまりした上品な店だ。店に入ると、香が焚き込まれていて、いい香りが漂っていた。

形のよい香炉や香匙、香を仕舞う小箱などの道具が並んでいる。店番をしていた若い男が奥に長四郎の妻女を呼びに行った。

すぐに出て来た妻女は二十四、五の色白の年増だった。地味な木綿の着物姿だが、芸者上がりではないかと思えるような色気が漂っていた。

「おまち。矢内さまだ」

「まあ」

おまちは目を輝かせて、

「何度か三味線を聞かせていただいています」

と、感激したように言う。

「聞いていただいていて恐縮です」

栄次郎も戸惑いながら言う。

「どうぞ、お上がりを」

「おまち。これから行かなくてはならないところがあるのだ。また、別の日にお招きするよ」

「そうですか」

おまちは残念そうに言う。

「ええ。いずれ近いうちに」

栄次郎も答え、おまちに別れを言い、店を出た。

須田町の『加納屋』にやって来ると、ちょうど、駕籠(かご)が店の前に停まって徳兵衛が下りたところだった。

栄次郎は近付き、徳兵衛に声をかけた。

「加納屋さん」

店に入りかけた徳兵衛が顔を向けた。

「吉栄さん」

「加納屋さん、お願いがあるのですが」

栄次郎が口を開くと、

「ここではなんですから、上がってください」

と言い、横にいる長四郎に顔を向けた。

「加納屋さん。このお方は神田佐久間町で『西京堂』という香道具の店を開いている長四郎さんです」

「香道具？」

すかさず、長四郎が前に出て、

「西京堂長四郎でございます」

「そうですか。どうぞ」

徳兵衛はふたりを客間に通した。

改めてお互い名乗りあったあと、

「加納屋さんにお願いがあって参りました」

「なんでしょうか」

「西京堂さんを増村さまにお引き合わせいただくことが出来ないかと思いまして」

徳兵衛は真顔で、

「そうですか」

と頷き、長四郎の顔をみた。

「失礼ですが、いつからお店を？」

「半年前です」

長四郎が答える。

「どうして増村さまに？」

「はい。お武家さまにも私どもの香道具を使っていただきたいと思っていましたので、矢内さまにどなたか紹介していただけないかとお願いした次第でして」

長四郎はあくまでも自分の事情からだと言った。

「吉栄さん」

徳兵衛は栄次郎に顔を向け、

「私は西京堂さんがどのような商売をしているのかわかりません。ですので、増村さまに強く勧めることは出来かねます」

「はい。構いません。西京堂さんが気に入られなければそれまでのこと」

栄次郎は答える。

「それでよろしいでしょうか」

徳兵衛は長四郎にも確かめる。

「もちろんでございます」

長四郎が答える。

「わかりました。お引き合わせいたしましょう」

徳兵衛は笑った。

「ありがとうございます」

栄次郎は頭を下げた。

徳兵衛は栄次郎の心底をわかっていながら、そのことには黙って受け入れてくれた。

「早いほうがいいでしょうね。明日、ごいっしょいたしましょうか。明日は昼前なら、増村さまはお屋敷にいらっしゃるはずです」

「わかりました」

長四郎が答える。

「では、明日の四つ（午前十時）前にここに来ていただけますか」

徳兵衛が言う。

「はい」

長四郎ははっきりと返事をした。

外に出てから、

「断られるかと思ってました」

　と、長四郎が言った。

「そうですね」

「半年前に開店した店ですからね。信用もありませんし、加納屋さんが仰ったように、どのような商売をしているのかわからないのです。栄次郎さんの知り合いだということが大きかったのでしょう」

「長四郎さん、お願いがあるのですが」

「なんなりと」

「もし、うまく増村さまのお屋敷に出入り出来るようになったら、ひとり番頭として連れて行ってもらいたい男がいるのです」

「わかりました」

「長四郎さんはどうぞご自分の商売のことだけをお考えください。あとのことはその者がやりますので」

「私も何かを探りますよ」

「いえ。長四郎さんはあくまでもご商売で信頼を得てください。私のほうの事情は考えないでください。そのほうがあとあともいいと思います」

「でも」

と言い、長四郎は続けた。

「もし、増村さまに何か問題があれば、出入りを許されても結局無駄になるのですから」

「何もなければ、新しい得意先としておつきあいが出来るではありませんか」

栄次郎は長四郎を説き伏せる。

「どうか、長四郎さんはご自分のために」

あとは新八に任せる。栄次郎は最初からそのつもりだった。

第二章　行方不明

一

翌日の朝、栄次郎は明神下の長屋に、新八を訪ねた。

声をかけて腰高障子を開ける。新八がふとんを片づけていたところだ。

「起こしてしまいましたか」

栄次郎はすまなそうに声をかける。

「そうじゃ、ありません。ふとんを片づけるのが面倒で敷きっぱなしだったんです。どうも、不精になっていけません」

新八は苦笑して言う。

「新八さんも早くおかみさんをもらったほうがいいようですね」

「あっしのような男はだめですよ」

新八は首を横に振ったが、以前には親しくしていた女もいたのだ。

「どうぞ、お上がりください」

「いえ、ここで」

栄次郎は上がり口に腰をおろす。

「どうぞ」

新八は手焙りを差し出した。

「新八さん。兄から旗本の増村伊右衛門さまの件を聞いていますか」

栄次郎は声をひそめて切り出した。

「ええ。女中がいなくなったという話ですね。でも、具体的な指示がないまま、探索は中断されたようで」

新八も低い声で答える。

「表向きは、です」

「えっ、どういうことですかえ」

「御徒目付の役儀としては手も足も出ない。そこで、私がひそかに探索を頼まれました」

栄次郎は西京堂長四郎の話をし、

「きょう、加納屋さんに連れられ、増村さまの屋敷に行くことになっています。もし、次回から単独での出入りを許されたら、新八さんに『西京堂』の番頭になってもらって増村さまのお屋敷を訪れてもらいたいのです」

「わかりました」

「屋敷に入ったからといって簡単に何かわかるとは思えませんが、それでも何か引っ掛かるものが見つかるかもしれません」

「ええ、わかりました。やってみます」

新八は意気込んだ。

「昼前には、西京堂さんは帰って来るはずです。その頃に『西京堂』に行ってみましょう」

「承知しました」

「ところで、新八さん」

栄次郎は口調を改めた。

「稽古に行っていないようですね」

「へえ、なかなか踏ん切りがつかなくて」

新八は頭に手をやった。

新八は相模でも指折りの大金持ちの三男坊という触れ込みで、杵屋吉右衛門師匠に弟子入りした。だが、盗人だったことが師匠にもばれて、その後、兄の手下になったものの、偽っていたという負い目から師匠に顔向け出来ないと、稽古に行っていないのだ。師匠はそういうことを気にしていないが、新八だけはまだ気持ちの整理がついていないのだ。

「師匠も他のお弟子さんも待っていますよ」

「ありがたく思っていますが」

「まあ、この話はまたのことにして。昼まであと一刻（二時間）ほどです。私は神田明神で暇をつぶしてから『西京堂』に行きます。新八さんはどうしますか」

栄次郎は立ち上がってきいた。

「あっしもお供します」

そう言い、新八は外出の支度をした。

栄次郎と新八は神田明神に参拝したあと、水茶屋に入った。緋毛氈のかかった床几に腰を下ろし、甘酒を頼む。

「栄次郎さん、ちょっときいていいですかえ」

新八が声をひそめた。すぐ近くにいる客の耳を気にしたのだ。

「西京堂さんはずいぶん力を貸してくれていますが、西京堂さんてどんな方なんです？」

「それが、会ったのはまだ二度なんです。辻斬りが出たときと、きのうです」

「二度ですか」

新八は驚いた。

「なかなかしっかりしたひとだと思います」

「そうですか。栄次郎さんがそう仰るなら間違いないでしょうが、なんだか栄次郎さんが逆に利用されているんじゃないかって気になりましてね」

「それはそれでいいと思っています。『西京堂』の品物がよくなければ、あるいは増村さまのほうで香に興味がなければ、つきあいは続かないでしょう。あとはお互いの相性ですから」

「そうですか」

新八は苦笑し、

「栄次郎さんはひとが良過ぎますからね。ちょっと心配なんです」

「私をだましたところで大きな得はありませんよ」

「どうですかねえ」

新八は半信半疑の体だった。

「熱うございますから」

婆さんが甘酒を持って来た。

「ありがとう」

甘酒を飲むうちに。冷えた体が温まってきた。

「ごちそうさま」

婆さんに勘定を払い、茶店を出て鳥居に向かう。

鳥居を出て、明神下に向かったとき、栄次郎はおやっと思った。岡っ引きの政吉が前方からやって来たのだ。

政吉も栄次郎に気付いて近寄って来た。

「矢内さま」

「親分。どうしたんですか」

「辻斬りが出た夜、参拝に来た近くの大工のおかみさんがこの境内で痩せて長身のやや猫背ぎみの浪人を見かけたそうなんです」

「猫背ぎみの浪人ですか」

「ええ。見かけた時刻は辻斬りが出た五つ半（午後九時）よりあとでした。境内には他に参拝客もなく、おかみさんは薄気味悪いので急いで境内を引き上げたということです」

「辻斬りでしょうか」

　栄次郎は首を傾げ、

「まさか、ここで獲物を見つけようとしていたとは思えませんが」

「辻斬りかどうかは別として、その浪人が参拝に来たのならこの周辺に住んでいることも考えられます。それに、矢内さまが追ったとき、辻斬りは湯島天神の鳥居を出て行ったんでしたよね。やはり、辻斬りの住まいはこの界隈にあるように思えます。それで、一帯を探し回っていたのです」

「それはご苦労さまです」

　確かに、今の話を聞いた限りではこの界隈に住まいがあるとも考えられるが……。

「政吉親分。その浪人が神田明神の境内にいたのはその日だけですか。他の日にも見たひとは？」

「今のところはいません」

「他の日も見られているなら、この界隈に住んでいるとみていいでしょうが、今のところ辻斬りのあった夜だけなんですね」

「そうです」

「まさか、作次さんを待っていたということはないでしょうか」

「なんですって」

政吉が顔色を変えた。

「思いつきを口にしただけです。しかし、浪人は境内にいたというのは暇を潰していたのか、誰かを待っていたのか……」

「仰るとおりです」

政吉は素直に応じた。

「ただ、作次さんを待っていたとしても、ここで殺さず湯島天神裏門坂下のほうで襲っているのです。そのことも考える余地がありそうですね」

栄次郎は思いついて、

「これまで五人が辻斬りに殺されているのですね。もしよろしかったら、殺されたひとの名と場所、それに日にちを教えていただけませんか。いえ、今でなくても結構です。そこから、何か見えてくるものがあるかもしれません」

「辻斬りですか」

「ええ、五人目の犠牲者が出たあと、私が駆けつけたのですが、賊を逃がしてしまいました。新たな犠牲者が出る前に、辻斬りを見つけ出さないと……」

新たな犠牲者が出たら賊をとり逃がしたことを改めて悔いることになる。

「わかりました。今度、黒船町の家にお伺いします」

栄次郎は政吉と別れ、佐久間町に向かった。

神田佐久間町の『西京堂』に着くと、店先に長四郎がいた。

「あっ、矢内さま。いえ、栄次郎さん。無事、お会いし、話が通りました」

長四郎がうれしそうに言う。

「では、出入りを許されたのですね」

「はい。備前焼の香炉と白檀(びゃくだん)の香をお持ちしたところ、奥方さまもたいそうお喜びで、これからちょくちょく香を届けて欲しいと仰っていただきました」

「それはよかった」

栄次郎は言い、

「長四郎さん、新八さんです。新八さんをぜひ番頭という名目で、今度はお連れ願えますか」

「畏まりました」

「新八と申します。よろしくお願いいたします」

新八は挨拶をした。

「西京堂長四郎でございます。さっそくですが、明日お伺いすることになっております。ごいっしょに」

長四郎は言い、

「その前に香の簡単な知識をお教えしたいのですが。もしよろしければ、これからでも」

「わかりました。よろしく、お願いいたします」

新八は頭を下げた。

「では、私は加納屋さんのところに行きますので」

新八にはお秋の家に訪ねて来てもらうように言い、栄次郎は『西京堂』から『加納屋』にまわった。

筋違御門を抜けて須田町に着き、『加納屋』の前に立った。

訪問を告げると、栄次郎は客間に通され、徳兵衛と差向いになった。

「加納屋さん、このたびはありがとうございました」

　栄次郎は礼を述べた。

「いやいや、なかなか西京堂さんはたいしたお方です。名工の焼かれた高価そうな香炉に香をそえて奥方さまに贈り物をされた。その豪気さに、私も感心しました」

　徳兵衛は目尻を下げて続ける。

「お殿さまもたいそうお喜びなされて、よき者を連れて来てくれたと私まで褒められました」

「そうでしたか」

　予想以上の結果に、栄次郎も半ば驚きながらほっとした。

「これも加納屋さんの介添えのおかげです」

「あの西京堂さんは、これからどんどんお店を大きくしていくことでしょう。損して得をとれということをよく知っている。おそらく、増村さまを手始めにさらに大身(たいしん)の旗本へと手を伸ばしていくことでしょう」

「ひょっとして、加納屋さんにも香炉を？」

「はい、いただきました。見事なものを」

　徳兵衛は含み笑いをした。

さっき、豪気だと言ったことがよくわかった。

「いずれ、あのひとは損した分の倍以上の利益を得るでしょう。真の商売人かもしれません」

べた褒めだと、栄次郎は思った。

「加納屋さんが絶賛するのですから、西京堂さんはかなりのお方ですね」

栄次郎も我が事のように胸が躍（おど）った。

礼を言い、栄次郎は『加納屋』を辞去し、お秋の家に向かった。

お秋の家に着くと、お秋が出て来て、

「あら、今、庄蔵（しょうぞう）さんに会わなかったですか」

「庄蔵さん？」

「ええ、四半刻（三十分）ほど待っていて、つい今し方、引き上げて行ったの」

「どんな感じのひとですか」

「四十半ばぐらいかしら。そうそう、おいくの父親だと言っていたわ」

「えっ」

栄次郎はすぐ土間を飛び出した。蔵前の通りを歩いて来たが、すれ違わなかった。

だとしたら、渡し船だと思い、御厩河岸の渡し場に駆けた。

ちょうど船が着いて、客が下り終え、本所側に渡る客が船に乗り込むところだった。

ぞろぞろ桟橋に向かっていく客の中を探す。

後ろのほうに並んでいた男がおいくの父親だった。

栄次郎はそこに駆け寄り、

「庄蔵さん」

と、呼びかけた。

おいくの父親が顔を向けた。

「矢内さま」

庄蔵は列から離れて近寄って来た。

「すみません。今、帰って来たところなんです。戻りませんか」

「いえ、ただ、お知らせだけしておこうと思いまして」

庄蔵は不安そうな顔を向け、

「きのう、妙な旅の僧が訪ねて来ました」

「旅の僧？」

「行脚僧です。網代笠をかぶってよれよれの墨染め衣に頭陀袋を下げて、草鞋履きでした。その僧が、おいくは西の国で元気に暮らしている、心配するな、と」

「元気に暮らしていると、知らせに来たというのですか」

「そうです。それから、おいくが土の中にいると言った行者はいかさまだから信じるなと。伜(せがれ)が、喜捨(きしゃ)欲しさにいい加減なことを言っているのだろうと行脚僧に怒鳴ると、そのまま帰って行きました」

「確かに妙ですね」

栄次郎は奇妙な気がした。

「顔を見ましたか」

「いえ。顔は網代笠をかぶっていたのでよくわかりませんでした。ただ、口の周りは髭(ひげ)もじゃで、まるで物乞いのようでした」

「どこで、おいくさんと会ったと?」

「場所は言いません。ただ、西の国と言っただけです。西の国というのは西方浄土(さいほうじようど)のことでは……」

西方浄土とは西のほうにある阿弥陀仏のおられる極楽浄土だ。つまり、おいくはすでに死んでいるのではと、庄蔵は声を詰まらせた。

「いえ、西の国とはそのまま、西国でしょう。最初の行者をいかさまと言っているのですから、おいくさんが生きていることを知らせに来たと考えていいでしょう」

「それなら、なぜはっきり言ってくれないのでしょうか」

「そうですね」

そこに何かあるのだと思ったが、それがなんなのかわからない。

それに、なぜ今頃になってやって来たのか。行脚僧を信じるなら、旅の途中でおいくと知り合い、江戸深川にいる家族に自分の無事を伝えて欲しいと頼まれた。だが、それならもっと細かいことも話すのではないか。

それより、なぜこの時期においくの消息がもたらせられたのか。

「庄蔵さん、その行脚僧について何かもっと気がついたことはありませんか」

「いえ」

庄蔵は首を横に振った。

「そうですか」

「あっ」

庄蔵が声を上げた。

「伜が、笠のうちの顔を覗き込もうとしたら、行脚僧があわてて右手を笠に当てて顔を背(そむ)けました、そんとき、右の二の腕に髑髏(どくろ)の彫り物が見えました」

「右の二の腕に髑髏の彫り物ですね。わかりました」

　栄次郎は庄蔵を安心させるように続けた。

「その行脚僧がどんな狙いがあってやって来たのかわかりませんが、わざわざそのようなことを言ってきたのは、おいくさんが生きているからに違いありません。死んでいるなら、わざわざ知らせに来ないでしょう」

　なんらかの理由から生きているように見せかける必要があったとも考えられるが、その理由は見当たらない。

「決して諦めないでください。きっとおいくさんの居所を見つけ出してみせます」

「よろしくお願いいたします」

　頭を下げた庄蔵をやりきれない気持ちで、栄次郎は見つめた。きっと居所を見つけ出すという言葉の裏には、やはり殺されて埋められているかもしれないという思いもあったのだ。

　渡し船に乗った庄蔵を見送りながら、栄次郎は行脚僧についてある想像を働かせていた。

二

翌日の昼前、栄次郎は吉原大門をくぐった。

昼見世のはじまるまで間があり、廓内はまだ閑散としている。江戸町二丁目の裏長屋に入って行く。

この長屋に新内語りの富士松春蝶と弟子の音吉が住んでいる。

栄次郎は春蝶の家の前に立ち、腰高障子に手をかける。

「ごめんください」

声をかけて、戸を開ける。

すると、薄暗い部屋でふとんから春蝶が起き出して来た。

「すみません。まだ、お休みでしたか」

栄次郎はあわてて言う。

「栄次郎さんじゃございませんか」

春蝶は皺だらけの猿のような顔を向けて、

「さっきから目は覚めていたんです」

若い頃から道楽の限りを尽くした男で、破天荒な生き方のせいか数えきれぬほどの辛酸を嘗めてきた。そんな生き方が新内の芸に味わいをつけ、春蝶を名人にしたのだ。かんのきいた声での哀切極まりない語りは天下一品だ。

一時は富士松一門から破門され、吉原での新内流しが出来なくなったが、今は一門に復帰し、吉原で弟子の音吉とともに新内流しをしている。

「さあ、どうぞ」

春蝶は上がり口に場所を空けた。

「すみません」

上がり口に腰を下ろしたとき、腰高障子が開いて音吉が顔を出した。

「やっぱり、栄次郎さんでしたね」

音吉が土間に入って来た。

「寝ているところを起こしてしまって」

「そうじゃありません。そろそろ、あっしが師匠を起こしに来ようとしていたときなんです」

ちょうどよかったんですと、音吉は笑った。

音吉は三十半ば近くになる。以前は痩せぎすだったが、今は少し肉がついていた。

顔は小さく、目も小さいが、鼻の穴と口が大きい。だから、いい声が出るのだろうと思うほどだった。

「それにしても、栄次郎さん。何かありましたかえ」

春蝶がしょぼつく目を見開いてきいた。

「じつは、娘がひとり三月(みつき)ほど前から姿を晦(くら)ましているのです。父親が行者に行方を占ってもらったら土の中だと言われたそうです」

「土の中？」

土間に立っていた音吉がきいた。

「殺されてどこかに埋められているということです」

「なんてこった」

春蝶が唖然とする。

「ところが、昨日、旅の行脚僧が娘の実家を訪ね、娘は西の国で元気に暮らしている、心配するな、と話したそうです」

栄次郎は春蝶と音吉の顔を交互に見て、

「どうも、その行脚僧は本物とは思えないのです。ほんとうに娘に会ったのなら、会った場所とかどんな様子だったとかもっと詳しく話せるはずです」

「そうですね」

「どんな狙いがあってのことかわかりませんが、何者かが行脚僧を娘の親のところに寄越したのではないかと思うのです」

「本物の行脚僧はではないと？」

春蝶がきいた。

「はい。願人坊主や他の大道芸人を行脚僧に仕立てたのではないかと。父親の話では行脚僧は網代笠から覗く顔の口許は髭もじゃで、右の二の腕に髑髏の彫り物があったということです」

栄次郎はふたりに、

「もし、どこぞでこの特徴に似た男を見かけたら知らせていただきたいのですが」

「わかりました。心掛けておきます」

春蝶が引き受けて言う。

「待ってくださいよ」

音吉が口をはさんだ。

「音吉。心当たり、あるのか」

春蝶がきく。

「へえ。そんな特徴の男、どこかで見かけたことがあります」

音吉がこめかみに人指し指を当てて考えていた。

「思い出した」

春蝶が大声を出した。

「行脚僧を考えていたからわからなかったが、髑髏の彫り物がある男はひとり芝居の金助ではないか」

「そういえば、金助の右の二の腕に髑髏の彫り物がありましたね」

音吉も応じる。

「ひとり芝居？」

栄次郎はきいた。

「体の右半分と左半分にまったく別の衣装を身につけ、顔も半々に化粧をしてひとり二役で芝居をする大道芸人です」

「それなら見たことがあります。男と女、年寄りと若者に扮して半身を交互に見せながら芝居をしている芸人ですね」

「そうです。そのひとりに金助という男がいて、右の二の腕に髑髏の彫り物がありました。何度か、呼ばれた座敷でいっしょになったことがあります。大道芸人なのですが、ときたま粋狂な客が宴席に呼んだりしています」

音吉は付け加えた。

「髭は付け髭だと思います」

「なるほど、付け髭ですか」

栄次郎は頷いてから、

「で、金助にはどこに行けば会えますか」

「主に浅草奥山で商売していますが、今時分はまだ下谷山崎町の大道芸人が住んでいる長屋にいるんじゃないですか」

「いいことを聞きました。さっそく、その長屋に行ってみます」

「あっ、栄次郎さん。金助が行脚僧だったとしても、そうあっさりは認めませんよ。おそらく、金をもらって偽の行脚僧を引き受けたんでしょうから」

春蝶が眉根を寄せて言った。

「ええ。感触を確かめるだけです」

栄次郎は答え、礼を言って春蝶の家の土間を出た。

吉原を出て、下谷竜泉寺町を通り、下谷坂本町を経て、やがて下谷山崎町一丁目にやって来た。

大道芸人が住んでいる長屋に入って行く。商売道具を持った派手な衣装の芸人とすれ違うとき、

「もし」

と、栄次郎は声をかけた。

「金助さんの住まいはどちらでしょうか」

「一番奥です」

芸人は応じてから、

「さっき顔を出したら、まだ寝ていましたぜ」

「そうですか。いつも起きるのはもっと遅いのですか」

「いや。昨夜は遅く帰って来たんですよ。まとまった金が入って、どこかで散財してきたんじゃないですかえ」

「どこかで？」

「吉原でしょう」

「どうしてまとまった金が入ったんですか」

「粋狂な旦那に御祝儀をたくさんもらったんじゃないですか」

「金助さんはひとり芝居の芸人ですよね。いつも、出かけるときはその扮装で？」

「まさか。向こうで着替えますよ。じゃあ」

そう言い、芸人は木戸を出て行った。

栄次郎は金助の住まいの前に立ったが、寝ていると思うと戸に手をかけられなかった。

それでも声をかけずにそっと戸を開くと、奥の部屋でやはり寝ていた。鼾が聞こえてくる。戸を閉めて、その場から離れた。

そのまま、栄次郎は長屋木戸を出た。

近くにある寺の境内で四半刻（三十分）あまり過ごし、再び長屋を訪ねた。

金助の部屋の前に立つと、中から物音がしていた。栄次郎は声をかけて、戸を開けた。

「失礼いたします」

栄次郎は土間に入り、きょとんとした顔を向けている男に、

「金助さんですか」

と、声をかけた。

「へえ。そうですが、お侍さんはどなたで？」

金助は三十過ぎの色白の男だ。

「私は矢内栄次郎と申します。北森下町の下駄屋の庄蔵さんの知り合いです」

「…………」

金助は顔色を変えた。

「一昨日、庄蔵さんをお訪ねになった旅の僧のことで参りました」

「なんのことでえ」

金助は微かに狼狽の色を見せた。

「その行脚僧のことなら金助さんにきけばわかると……」

「冗談じゃねえ、そんな坊主なんか知らねえ」

「でも、口のまわりが髭もじゃの行脚僧が金助さんの家から出て来たそうじゃないですか」

栄次郎は鎌をかける。

「…………」

金助は目を剝いて口を半開きにした。

「どうなんですか」

「知らねえ。いい加減なことを言わないでくれ」

「金助さんは知らないのですか」

「当たり前だ」

「そうですか。じつは、その行脚僧は誰かに頼まれて庄蔵さんに娘が西の国で生きていることを伝えに行ったのです。庄蔵さんは、誰に頼まれたかは想像がついているのですが、念のために確かめてもらいたいというので、私が行脚僧を探しているのです。そしたら、金助さんなら知っているはずだからと聞きました」

「…………」

「そうですか。わかりませんか。仕方ありません。庄蔵さんはある人物のところに、なぜ行脚僧を寄越したのかをききに行くと言ってました。相手がとぼけたら、行脚僧がすべて話してくれたと言うそうです」

「そんなのずるいじゃありませんか」

「えっ、何がですか」

「行脚僧から聞いたのではないのに、そんな言い方をして」

「そうじゃないと、相手がほんとうのことを話してくれないでしょうからね。庄蔵さんは行脚僧が誰に頼まれたかを知りたいだけなんです」

栄次郎はすまして続ける。

「でも、へたをしたら、行脚僧はべらべら喋ったということですっかり信用をなくし、相手から制裁を受けるかもしれないと心配になりましてね」

わざと深刻そうに顔をしかめ、

「お邪魔しました」

と、栄次郎は土間を出ようとした。

「待ってくれ」

金助は呼び止めた。

栄次郎は振り返る。

「その庄蔵さんというひとは、頼んだ相手のことを知りたいだけなのか」

「そうです。行脚僧をどうかしようなどとは毛頭思っていないそうです」

「ほんとうだな」

「ええ、ほんとです」

「俺が行脚僧から聞いたのは……」

「行脚僧を御存じなのですね」

「知っている」

顔を背けるようにして言い、金助は自分が行脚僧だとは認めようとしなかった。

「行脚僧が言うには、浅草の奥山で、どこかのお屋敷の中間ふうの男から声をかけられて頼まれたと言っていた」

実際は金助自身が頼まれたのだ。

「中間の特徴は？」

「中肉中背だが、怒り肩だった。額が広くて、まんまるい小さな目をしていた。いや、行脚僧がそう言っていたんだ」

「わかります。その他は？　たとえば、顔のどこかに黒子があったとか」

「気がつかなかった」

金助は首を横に振った。

「その中間ふうの男はなんと頼んだのでしょうか」

「おいくが土の中にいると言った行者はいかさまだから信じるな。おいくは西の国で元気に暮らしている。心配するな。そう伝えればよいと。何かきかれても一切答えなくていいとからと」

「いくらもらったんでしょう」

「一両」

「一両ですか。だいぶ、うま味がありましたね」

「…………」

「嘘ではありませんね」

「嘘じゃねえ」

ほんとうのようだと、栄次郎は思った。

「わかりました。庄蔵さんにはこのことを告げておきます。想像したひとと違うので、会いに行ったりはしないはずです」

「そうしてくれ」

金助はすがるように言う。

「心配いりません」

栄次郎は安心させて、

「では、私はこれで」

と、土間を出て行った。

中間ふうの男は、やはり増村伊右衛門の屋敷の奉公人であろう。増村伊右衛門から頼まれ、中間が金助に頼んだのだ。

栄次郎は上野山下（うえのやました）から下谷広小路を抜けて明神下の新八の長屋にやって来た。昼近くなっているので、新八は出かけているかと思ったが、まだ部屋にいた。

「お邪魔します」

栄次郎は土間に入った。

「どうぞ」

上がり口に座るように言い、手焙りを差し出した。

「すみません」

栄次郎はかじかんだ手を手焙りに当てて、

「西京堂の番頭の役所はいかがですか」

と、きいた。

「付け焼き刃ですが、番頭らしい格好はなんとかつきそうです」

新八は自信に満ちたように答えた。

「そうですか。それはよかった」

「それにしても、西京堂さんは若いのにたいしたお方ですぜ。まず肝っ玉の大きさに驚かされました」

新八もまた加納屋徳兵衛と同様、西京堂長四郎を褒めそやした。

「いつもは手厳しい新八さんがそこまで言うとは珍しいですね」

「第一に感心したのは、西京堂さんは自分の商売のためより、栄次郎さんのお役に立ちたいという思いのほうが強いということです。あっしは商売のために栄次郎さんを利用しているのではないかと思っていたんですが、そんなことはありませんでした。本気で、栄次郎さんのために働こうとしているんです」

「そうですか」

「ですから、あっしがほんとうの西京堂の番頭らしく見えるように西京堂の内情までも説明してくれました。あっしがひとりでお屋敷に上がったとき、西京堂の主人のことをいろいろきかれるかもしれないからと」

「そうですか。ありがたいことです」

栄次郎は素直に長四郎に感謝した。

「明日の朝に、お屋敷にお伺いするそうです」

「そうですか。新八さん、お願いがあるのですが」

栄次郎は声をひそめ、

「じつは、おいくの実家に行脚僧が訪ねて来て……」

そのことからはじめ、大道芸人の金助が中間ふうの男に頼まれて行脚僧に化けてやって来たのだと話した。

「その中間ふうの男は中肉中背で、怒り肩。額が広くて、まんまるい小さな目をしていたそうです。増村さまの屋敷に入ることが出来たら奉公人に注意を向けていただきたいのです。似ているような男もいますから、お目当ての男かどうかまではわかりませんが、そのような特徴の奉公人がいるかどうかでもわかれば今後の役に立つと思います」

「中肉中背で、怒り肩。額が広くて、まんまるい小さな目をした男ですね。わかりました。探してみます」

「私の勘では、増村さまの屋敷の奉公人にいると思っています。おいくが土の中にいると言った行者はいかさまだから信じるなと言ったそうですが、行者のことを知っているのは限られたひとしかいません。増村さまもそのひとりです」

増村家の奉公人が金助を実家に行かせたのに違いないと、栄次郎は確信している。この時期に、増村伊右衛門がそれをさせたのも、最近になっておいくのことが蒸し返されたから、庄蔵の動きを牽制するつもりもあったのであろう。

あとは新八が増村伊右衛門の屋敷の訪問をすましてからのことだと思いながら、栄次郎は新八の住まいをあとにした。

三

翌日の昼過ぎ、栄次郎がお秋の家にいると、新八がやって来た。

昼前に、増村伊右衛門の屋敷に行ってきたのだ。

二階に上がって来た新八は栄次郎の顔を見るなり、

「いましたぜ。仰っていた特徴の奉公人が」

と、言いだした。

「いましたか」

「はい。帰りがけ、門のそばで見かけました。門番がその中間のことを時蔵と呼んでいました」

「時蔵ですか」

時蔵が金助を行脚僧に仕立てておいくの実家に行かせたのは間違いないだろう。場合によっては金助に時蔵を見てもらうことも考えられたが、そこまでする必要はなかった。

「やはり、増村伊右衛門が、おいくを生きているように見せかけるためにあのような小細工をしたのでしょう」

　栄次郎はますます増村伊右衛門への疑いを強めた。

　新八は少し困惑したように、

「あっしの印象なんですが、あの殿さまや奥方さまは女中を殺して庭に埋めるような
お方にはちょっと見えませんでした」

「見えない？」

　栄次郎は意外に思った。

「へえ。印象だけですが」

「そうですか」

　新八のひとを見る目は鋭く、確かなものだと思っていたので、栄次郎は戸惑った。

「それから、庭をさりげなく見まわしましたが、死体を埋めるとなると場所は限られ
ます。これもあっしの印象ですが、日当たりのよい庭に死体が埋められているという
想像は出来ませんでした」

「…………」

「すみません。水を差すようなことを言って。あくまでも、あっしの印象ですから」

「いえ。最初の印象というのは間違っていないことが多いですから」

栄次郎は改めてきいた。

「先方には疑われずに？」

「ええ。西京堂さんがうまく話してくださいましたので」

「そうですか。で、増村伊右衛門さまとはお会いに？」

「少しだけ、ご挨拶をさせていただきました。三十半ばの渋い感じの殿さまでした。奥方さまも気品あるお方で、少し勝気そうな感じでしたが……」

新八はあとの言葉を呑んだ。

「嫉妬深いお方には見えなかったと？」

「はい、そうです。ましてや、成敗など……」

嫉妬から夫と情を通じたおいくを、中間（ちゅうげん）の三太郎に成敗させた。そんな復讐をするようには思えなかったと、新八は言うのだ。

栄次郎は新八の受けた印象を無下（むげ）にすることは出来なかった。

だとすると、やはり、三太郎とおいくは手に手をとって逐電したのだろうか。ならば、なぜ増村家ではそのことを訴え出なかったのか。

「栄次郎さん」

新八は口調を改め、

「次回、あっしひとりで香をお持ちすることになっております。今度は直に台所から入ります。もう一度、庭の様子を見てきます」

新八は言った。

「死体が埋まっていないことを願うばかりですが、どうぞ無理をしないで」

「へえ。じゃあ、あっしはこれで」

「次回はいつになるのでしょうか」

「じつは、西京堂さんがある香をわざと忘れて行ったんです。早いほうがいいので、明日にでもお届けしようと思っています」

「そうですか。あまり、無理しないでください」

「へえ、わかりました」

新八を階下まで見送り、栄次郎は再び部屋に戻って三味線の稽古をはじめた。

それから半刻(一時間)後に、政吉がやって来た。そのことを告げに来たお秋の顔は綻んでいた。

「上がってもらってください」

栄次郎が言うと、お秋は元気よく階下に向かった。

政吉が梯子段を上がって来た。

「失礼します」

「どうぞ」

栄次郎は政吉と差向いになった。

「矢内さま。これまでの辻斬りの出没をまとめたものです」

そう言い、政吉は懐から紙切れを取り出した。

「すみません」

栄次郎は紙切れを受け取った。

犠牲になった五人の名前が日付順に並んでいた。その横に、場所が記されている。


十一月一日、医者松木元安、深川霊巌寺脇。

十一月十日、大工安吉、伊勢町堀。

十一月二十日、水戸屋勘三郎、木挽町一丁目。

十一月二十八日、和泉屋卓兵衛、浅草御門脇。

十二月一日、作次、湯島天神裏門坂下。

栄次郎は顔を上げ、

「被害に遭ったひとたちはお互いに関係ないのですね」

「ええ、ありません。ばらばらです。最初の松木元安は往診先で酒を馳走になっての帰りでした。大工安吉は建て前の帰り。水戸屋勘三郎は木挽町の料理屋の帰り、家が近いので歩いて帰るところを襲われたのです。和泉屋卓兵衛は柳橋の船宿から横山町の家に帰る途中でした」

「そうですか。財布は盗まれていないのですね」

「ええ、金目当てではありません」

「ひとを斬りたいだけですか」

栄次郎は見つめていて、おやっと思った。

「だいだい八日から十日の間隔で辻斬りが出没していますが、作次さんの場合は前回から三日後ですね」

「ええ、そうです。それまでの動きからでは次は十二月八日前後ってことです。辻斬りに何か事情があったのかもしれません」

政吉が答える。

「事情というと何が考えられるでしょうか」

「たとえば、十二月八日前後には仕事の都合で夜歩きまわれないとか……」

「そうですね」

　栄次郎はさらにあることに気づいた。

「親分。この場所で共通しているところに気づかれましたか」

「場所ですか。いえ、何か共通しているところがありましたか」

　政吉が厳しい表情になった。

「ええ。医者松木元安の深川霊巌寺脇の近くは小名木川、大工安吉の伊勢町堀は日本橋川、水戸屋勘三郎の木挽町一丁目は三十間堀、和泉屋卓兵衛が斬られた浅草御門脇は神田川、が流れています。つまり、辻斬りが現れたのはみな川の近くです」

「なんと」

　政吉は紙切れに見入った。

「これは偶然でしょうか」

「待ってください。作次さんは湯島天神裏門坂下で襲われたのです。近くに川はありません」

「その作次さんが辻斬りに遭った日は前回から僅か三日後です」

「ええ」

「作次さんだけ、他と違ってませんか」

「まさか、辻斬りは別人だと？」

「そんな気がします」

栄次郎は難しい顔で続ける。

「作次さんが殺された夜、神田明神の境内に痩せて長身のやや猫背ぎみの浪人がいたそうですね。作次さんを待っていたんじゃないでしょうか」

「作次さんを待つとは？」

「わかりませんが、作次さんと会う約束があったのでは？」

「その浪人と作次さんは顔見知りだというのですか」

「そういうことも考えられます。ふたりは神田明神で落ち合い、湯島天神裏門坂下まで移動し、そこで浪人が斬りつけた……」

「そんな……」

政吉は唖然とした。

「これまでの辻斬りと作次さんの件はまったく別です。もしそうだとしたら、本物の辻斬りは前回から八日から十日経つ十二月八日前後にどこぞで辻斬りを働くのではありませんか。作次さんを殺した下手人(げしゅにん)の探索もやらなければなりませんが、その前に辻斬りのほうです。新たな辻斬りをやる恐れが十分にあります」

栄次郎は厳しい顔で、

「今度も必ず川の傍です。数日のうちには動きだすかもしれません」

「川の傍ということは、辻斬りは船を使っているということですね」

政吉の表情は強張っていた。

「そうだと思います。辻斬りの隠れ家も川の近くに違いありません」

「矢内さま。さっそくうちの旦那に知らせ、警戒するように手配をお願いします」

政吉はあわただしく引き上げて行った。

栄次郎は深刻になった。自分が出会ったのは、作次を殺すために雇われた浪人かもしれない。

作次は何かを調べていたのだ。辻斬りのことではない。何か別のことだ。

三年前に、芝宇田川町の線香問屋に押込みが入り、一千両が盗まれた。この押込みを解決することが出来なかったのが作次の唯一の心残りだったそうだ。

作次が動くとしたらこの件以外考えられない。

ふと、辻斬りの現場に駆けつけたときのことを思い出した。賊の前に割って入ったとき、まだ作次は微かに息をしていたのだ。

だが、賊と対峙していたので作次の介抱が出来なかった。そこに西京堂長四郎が駆けつけて来た。賊は逃げだしたので、あとを長四郎に任せて賊を追った。

長四郎は作次の最期の言葉を聞いていなかっただろうか。いや、聞いていたら栄次郎にも言うはずだ。

それより、目下(もっか)の懸念は辻斬りだ。金目当てではない。ひとを斬ることで快楽を得ているのか。

辻斬りは船で移動している。つまり、船頭も仲間だ。

辻斬りがあった場所は最初は深川霊巌寺脇、次に伊勢町堀。そして、木挽町一丁目、浅草御門脇と続く。

そこに一定の決まりはなさそうだ。勝手に選んでいるだけだ。ただ、前の現場から離れた場所に出没している。

前回は浅草御門だ。そこから離れた場所……。思い浮かばない。川でみてみようと思った。

最初は小名木川、次が日本橋川、そして三十間堀に神田川。大川に東西に流れ入る川をみて、まだ使われていないのが本所だ。竪川(たてかわ)は深川との境で、小名木川からそう離れていない。だとしたら、本所では向島(むこうじま)との境にある源森川(げんもりがわ)がある。業平橋(なりひらばし)の船宿もある。船宿の帰りの客を狙うか。

源森川は業平で横川に繋がる。横川は竪川とも繋がっている。横川の途中には法恩寺があり、人出もある。また、さらに奥には亀戸天満宮の前を天神川が流れている。

　この辺りではないかと、栄次郎は見当をつけた。


　栄次郎はお秋のところで夕餉をとってから、吾妻橋を渡って業平橋までやって来た。冬の寒い時期でも大川には屋根船が出ていて、船宿から三味の音も聞こえてきた。

　五つ（午後八時）は過ぎていた。栄次郎は横川に沿って竪川のほうに向かう。川船がゆっくり南に向かって行く。

　船頭は手拭いで頬被りをし、荷の脇に誰かが座っていた。顔を見ようとしたが、川は暗くてわからない。

　やがて現れた法恩寺橋を渡る。その橋の途中で立ち止まり、下を通りすぎる船を見送った。船に人影はなかった。

　橋の反対側に向きを変え、船を見送る。途中で誰かが陸に上がる余裕はなかったはずだ。船は竪川のほうに向かった。

　不思議に思いながら、橋を渡り、法恩寺の前を通る。門前の茶屋や土産物屋はすでに閉まっていた。栄次郎はそのまま天神川まで歩き、天神橋を渡って亀戸天満宮の前までやって来た。ここも門前の茶屋などは閉まっていたが、横手にある料理屋や呑み屋はまだ店を開いていた。

天神川に沿って歩いてみる。竪川のほうからやって来た船が十間川のほうに向かった。さっきの船のようだ。

今度はやはり誰かが乗っている。栄次郎は気になって、暗がりに身を隠して船のあとをつけた。

ひと影は暗くてよくわからない。今夜は雲が多く、月が隠れている。柳島橋の手前で船が停まった。

誰かが下りたようだ。船はそのまま停泊していた。柳島の妙見さんのお参りかと思い、栄次郎は柳島橋を渡った。

船を見たが、暗い上に船頭は背中を向けているので顔はわからない。栄次郎は妙見さんの境内に入ってみた。

夜参りのひとが何人かいたが、誰が船の客かわからなかった。だが、その中に侍はいなかった。

栄次郎は境内を出た。

柳島橋に戻ったが、船着場に船はいなかった。だいぶ遠くに去っていた。栄次郎は急いで追った。

だが、船が途中で桟橋に寄り、誰かを乗せて動きだした。ようやく船に追いついたが、誰も乗っていなかった。

いや。荷の上に黒い布をかけ、その中に隠れていたのだ。

栄次郎が途中で船を止めてみようと思いながらあとをつけたとき、背後で悲鳴が聞こえた。妙見さんのほうだ。

あの悲鳴と船の主が関わりあるのかわからない。それより、今の悲鳴は……。

どっちに行くべきか迷ったが、栄次郎は船を追った。

栄次郎がうろついていた場所で辻斬りが起こったのだ。もし、栄次郎を見かけた者がいたら、栄次郎に疑いを向けるのではないか。ここで現場に引き返せばいたずらに混乱を招くだけだ。

それより、船の主の正体を探るほうが先決だ。

横川と竪川が交差する場所に出た。船は右に曲がって竪川を大川（おおかわ）に向かった。

栄次郎は走った。ほんとうに辻斬りが乗っているなら、次の橋に先回りをして船に飛び移るのだが、さっきの悲鳴が辻斬りの犠牲者かどうかわからない。

船頭が川岸を走る栄次郎に気づいたようだ。黒い布の下から、辻斬りも見ているかもしれない。

船は大川に近付いた。栄次郎は一ノ橋（いちのはし）まで走り、橋の真ん中に立った。そしてやって来る船を待った。船頭の顔だけでも見届けたかった。

船が近付いて来た。だが、頬被りをした船頭の顔はわからず、黒い布を体に覆って身を隠していた男は顔を出さなかった。

船は大川に出て新大橋（しんおおはし）のほうに下って行った。黒い布がまくれ、ひと影が現れた。もちろん、顔はわからない。だが、こっちをじっと見つめているような気がした。

やがて、船は栄次郎の視界から消えて行った。

四

翌朝、栄次郎は柳島の妙見さんに駆けつけた。

武家屋敷の裏手に、政吉が来ていた。

「矢内さま」

政吉が栄次郎に声をかけた。

「また出ました。うちの旦那の見立では同じ斬り口だそうです。一連の辻斬りに間違いありません」

「殺されたのは？」

「そこの下屋敷の中間(ちゅうげん)です」

「外出していたのですか」

「妙見さんに願掛けに出かけた帰りだそうです」

「願掛け？」

「博打(ばくち)ですよ」

「それで願掛けですか」

「死体を見つけたのは誰ですか」

「この近くの百姓の女房です」

政吉は答えてから、ふと不審そうな顔で、

「矢内さま、どうしてここに？」

と、きいた。

「昨夜、私もこの近くにいたのです」

「なんですって」

「次に辻斬りが出る場所を考えていて、横川か天神川のそばではないかと考えたのです。それで、昨夜の五つごろから業平から横川や天神川を見て歩いたんです。そしたら、怪しい川船を見ました」

そのときのことを話した。

「そうですか。あっしたちもこの界隈を考えたのですが、まさかこんなに早く実行に移されるとは……」

「きのうは雲が多く、月は出ていませんでした。辻斬りは月のない夜を選んでいるのかもしれません」

「なるほど」

「いずれにしろ、辻斬りは川船で行き来しています」

「大川に出て下って行ったそうですが、どの辺りに向かったかわかりませんか」

「それが……」

栄次郎は眉根を寄せ、

「賊は私に気づきました。だから、わざと逆のほうに逃げたのかもしれません」

「そうですか」

「矢内さま」

政吉が声をひそめ、

「この界隈を仕切っている岡っ引きは融通がききません。矢内さまに妙な疑いを向けないとも限らないので注意してください」

「そうですか。じゃあ、私は引き上げます」

「また、黒船町の家にお伺いします」

「お願いします」

栄次郎は素早く政吉と別れ、横川沿いを竪川のほうに向かった。

栄次郎は辻斬りの正体を推し量ってみた。

船を雇っての凶行、そして財布には手をつけない。ただ斬るだけだ。辻斬りは、暮らしに余裕があるに違いない。

だとしたら、浪人ではない。武士だ。

最初から船での移動を考えていたのだろうか。最初は深川霊巌寺脇だ。そこにも船で行ったのか。

入江町の角を曲がり、両国橋のほうに向かったが、ふと霊巌寺まで行ってみる気になった。

二ノ橋を渡り、弥勒寺の前を通り、やがて北森下町に差しかかる。おいくの実家があるが、まだ庄蔵に知らせる段階ではなく、そのまま素通りし、小名木川にかかる高橋（たかばし）を渡った。

ほどなく霊巌寺に差しかかった。茶店や土産物屋などが並んでいるが、夜は閉まっていて、閑散としているはずだ。

辻斬りはこの界隈を獲物を物色しながら歩いていて、たまたま出くわした医者松木元安を一刀の下（もと）に斬り捨てたのだ。

そして、小名木川に停（と）めてあった船で逃げた……。

栄次郎は小名木川沿いを歩いてみる。どこに船を停めてあったのか。

対岸を見て、おやっと思った。対岸は大名や大身の旗本の下屋敷が並んでいる。そこに船が横付けになって荷を屋敷に運んでいた。

栄次郎はその光景を眺めていた。辻斬りは武士だ。しかし、辻斬りをはじめたきっかけは何だろうか。

なぜ、ひとを斬りたくなったのか。

考えられるのは新刀の試し斬りだ。あるいは、屋敷内で奉公人をなんらかの理由で成敗した。そのときの感触が忘れられず、ひとを斬りたくなった……。

栄次郎は停泊している船を見ながら移動する。そして、ある河岸の石段の傍にもやってある船を見て、思わず足を止めた。

船に荷があり、その傍に黒い布が無造作に置かれていた。昨日の船ではないかと、栄次郎は目を見張った。

最初は歩いて獲物を物色(ぶっしょく)し、霊巌寺付近で辻斬りを働いた。だが、それからひとが斬りたくなり、この近くではまずいと思い、船を出させて遠くに行き辻斬りを働いた。

それから、あちこち船で移動し、辻斬りを続けてきた。栄次郎はそんな想像を働かせながら、いったん引き返し高橋を渡って、さっきの屋敷の正面に向かった。

下屋敷が何軒か並んでいる。昨夜の船が泊まっていた船着場の屋敷の前に立った。ちょうど、その屋敷から出入りの商人らしい羽織姿の男が出て来たので、

「もし」

と、栄次郎は呼び止めた。

「ここはどなたさまのお屋敷でしょうか」

「ここは、旗本大城清十郎(おおしろせいじゅうろう)さまの下屋敷でございます」

「大城清十郎さまですか」

「ここにはどなたが？」

「若君がいらっしゃいます。松三郎(まつさぶろう)さまです」

「松三郎さまはおいくつぐらいでしょうか」

「二十四です」

「二十四ですか。松三郎さまはどのようなお方ですか」

「なんで、そのようなことを？」

　商人は警戒ぎみにきいた。

「いえ。ちょっと用事を頼まれて訪問しなければならないので、その前にどんなお人柄かを知っておこうと思いまして」

　栄次郎は言い訳をする。

「そうですか。松三郎さまは少し僻(ひが)みっぽいところがあります。私どももずいぶん気をつかいます」

「そうですか。わかりました。ありがとうございました」

　栄次郎は礼を言って商人と別れた。

　長屋門の前を通りすぎる。門は閉ざされている。それから、再び小名木川に出て、対岸から屋敷の裏手を見る。

　さっきの船はまだ泊まっていた。が、その船に船頭がいた。力こぶがあるように肩がたくましく、陽に焼けた顔をしていた。栄次郎は立ち止まって顔を向けた。

船頭も船の上に立って栄次郎を見つめた。そして、あわてたように顔を背けた。昨夜の船頭かどうかわからない。だが、似ているような気がする。

栄次郎はそのまま引き上げた。途中振り返ると、船頭の姿はなかった。

高橋を渡り、弥勒寺の前を通る。栄次郎は背後の気配に気づいた。

何者かがつけてくる。大城清十郎の下屋敷からに違いない。栄次郎は竪川を渡り、両国橋に向かう。

まだつけてくる。さっきの船頭か。栄次郎の素姓を確かめるつもりなのだろう。両国橋に差しかかった。橋を行き交うひとは多い。

背後を窺うが、人影に隠れて、つけてくる男の姿は見えなかった。栄次郎は気にせずに歩を進めた。

栄次郎は浅草黒船町に着いた。まだ、つけてくる。栄次郎はそのままお秋の家に入って行った。

栄次郎は相手が仕掛けてくるのを待つつもりで、自分の住まいを教えようとしたのだ。

二階に上がり、窓辺に寄った。

窓からはつけてきた男の姿は見えない。もう引き上げたのかもしれない。栄次郎は部屋の真ん中に戻った。

　そのとき、梯子段を上がる音がして、お秋が顔を出した。

「西京堂さんがいらっしゃいました」

「そうですか。上がってもらってください」

「はい」

　お秋は階下に行った。

　待つほどのこともなく、西京堂長四郎が顔を出した。

「お邪魔します」

　と言って部屋に入ったあと、長四郎は真顔で、

「栄次郎さん、妙な男がこの家の様子を窺っていました。私に気づいたら、さっと離れて行きました。お秋さんはちょっと前に栄次郎さんがいらっしゃったということでした。もしや、栄次郎さんに関わりがあるひとかと思ったのですが」

「どんな男でしたか」

「細身でしたが肩が盛り上がった色の浅黒い……」

「船頭です」

「船頭？」

「昨夜、本所の柳島の妙見さんの近くで、また辻斬りが出ました」

「ほんとうですか」

「その前に、私は見当をつけて本所の横川や天神川の周辺を歩きまわっていたのです。そこで怪しい船を見つけました。その船の船頭がさっきの男だと思います」

「辻斬りはその船で移動していたのですか」

「そうだと思います」

栄次郎は表情を曇らせて、

「じつは湯島天神裏門坂下で作次さんを斬った浪人は一連の辻斬りとは別人だとわかりました」

「えっ？」

長四郎は唖然としたように、

「辻斬りがふたりいたということですか」

と、きいた。

「辻斬りがふたりいたという考えも出来ますが、おそらくあの浪人ははじめから作次さんを狙っていたのではないでしょうか」

「…………」

「作次さんは元岡っ引きです。その辺りに何か手掛かりがあるのかもしれません」

「驚きました」

長四郎は素直に驚きを顔に表した。

「それより、新八さんの件、ありがとうございました」

栄次郎は話題を変えた。

「いえ、こちらこそ、加納屋さんにご紹介をいただき助かりました」

長四郎は頭を下げたが、

「でも、いかがですか。何かわかりましたか」

と、すぐ顔を上げてきいた。

「いえ、新八さんの話では、こっちが疑っていたことが間違っているようなのです」

ただ、中間の時蔵らしい男が金助を行脚僧に仕立てておいくの実家に行かせている。

この怪しい動きをどう考えるか。

「明日、新八さんに白檀などの香を増村さまのお屋敷に届けてもらうことになりました」

「そうですってね。長四郎さん、なにからなにまでありがとうございます」

「いえ、栄次郎さんのお役に立てればなによりです。栄次郎さん、今度我が家に遊びに来ていただけませんか。家内が連れて来いとうるさいので。私も栄次郎さんとゆっくり盃を交わしたいのです。

「ありがとうございます。喜んで」

「そうですか。では、予定を立てますので、その節はよろしくお願いいたします」

長四郎は何度も頭を下げて引き上げて行った。

ようやく、栄次郎は三味線の稽古に入ったが、すでに部屋の中は薄暗くなっていた。


その夜、お秋の家に崎田孫兵衛がやって来て、栄次郎もいっしょに呑みだした。

そして頃合いを見計り、

「崎田さま」

と、栄次郎は口を開いた。

「崎田さまは旗本の大城清十郎さまを御存じですか」

「大城清十郎どの？　書院番の旗本だ。大城どのがどうかしたのか」

書院番は将軍外出のときには駕籠（かご）の護衛をする役目だ。

「いえ、たまたまお名前をお聞きしましたので、どのようなお方かと思っただけです。ご子息は松三郎さまでしょうか」

「いや、清一郎(せいいちろう)どのだ」

「清一郎どの？　では、松三郎さまというのは？」

「おそらく、側室(そくしつ)の子であろう」

「側室ですか。下屋敷におられるようですね」

「そうかもしれぬな」

「松三郎さまの評判を聞いたことはございませんか」

「いや。なぜだ？」

「ちょっと知りたいことがありまして。崎田さま」

栄次郎は身を乗り出し、

「松三郎さまのことを調べていただけませんか」

「調べる？」

「はい。剣の腕、評判など。それから、この数か月内で、深川にある大城清十郎さまの下屋敷で何か揉め事がなかったか」

「栄次郎どの」

孫兵衛は口許を歪め、

「松三郎さまに何か疑いを持っておるのか」

「いえ、そんな疑いなど……」

孫兵衛はじっと栄次郎を見つめ、

「武家屋敷は支配違いだ。奉行所が旗本の子息のことを調べるなど出来ぬ」

「調べるというのではなく、噂程度のことでよいのです。それに、奉公人が絡んでいるとしたら、そのことは奉行所も報告を受けるのではありませんか」

旗本が奉公人を成敗をしたら、その一件は奉行所にも知らされるはずだ。おいくや三太郎の例もあるように、奉公人は町の口入れ屋から斡旋された町の者たちだ。

「奉公人が悪事を働いたら、主人の武士が成敗出来る。奉行所が口をはさむことはない」

「しかし、奉公人が成敗されたら、奉行所はその事実は知らされるのではありませんか」

「わかった。ともかく調べてみよう」

そう言ってから、孫兵衛は探るような目つきで、

「何を摑んだのだ？」

と、きいた。

「申し訳ございません。まだ、想像でしかありません。間違っていたら事ですので」

「そうか。わかった。明日、さっそく調べよう」

　孫兵衛は言ってから、

「ひとつ、確かめておきたい。下屋敷で何か揉め事がなかったかということだが、揉め事とはどのようなことを指しているのだ。何か、思い描いていることがあるのではないか」

　さすがに、孫兵衛は鋭くきいてきた。

「それは……」

　栄次郎は迷っていたが、思い切って切り出した。

「この数か月の間に家来か奉公人かがなんらかの理由で怒りを買い、成敗されたということはなかったか、ということです」

　孫兵衛の目が鈍く光った。

　だが、孫兵衛はそれ以上何も言わなかった。

　栄次郎はしばらくして挨拶をして立ち上がったが、孫兵衛は引き止めるのも忘れていた。栄次郎の依頼の意味を考えているようだった。

　栄次郎はお秋の家を出て、本郷に向かった。

冷え込みの激しい夜だが、それでも急ぎ足で下谷広小路に差しかかった頃には体が温まっていた。

池之端仲町から湯島の切通しまで来たとき、ふと前方にひと影が立ちふさがった。大柄な浪人だ。無言で近付いて来る。

「何か用ですか」

栄次郎は問い掛ける。

浪人は刀を抜くや、いきなり突進して来た。栄次郎は抜刀し、振り下ろされた剣を弾いた。

背後にふたりの浪人が迫った。小肥りの浪人と痩身の浪人だ。ふたりとも抜き身を構えていた。

「どうやら、私のことを知った上でのようですね」

栄次郎は体をずらし、三人の浪人を目に入れた。三人とも険しい顔をしている。

「誰かに金で雇われたか。誰だ、雇ったのは？」

「覚悟」

最初に現れた浪人が上段から斬りつけた。栄次郎は踏み込んで相手の剣を鎬で受け止めた。

「誰に頼まれた？」

剣を押し返しながら、栄次郎は問い詰める。

そのとき、背後から痩身の浪人が迫って来た。栄次郎は大柄な浪人を押し返し、さっと力を抜いて相手を泳がせ、痩身の浪人の剣を弾いた。

「刀を引け。引かないと、容赦せぬ。二度と剣を使えないようにする」

そう言い、栄次郎は剣をくるっとまわして鞘に納めた。

栄次郎は自然体で立った。

「腕を落される覚悟でかかって来い」

「小癪(こしゃく)な」

小肥りの男が剣を斜めに立てて迫った。栄次郎は左手で鞘を突き出す。相手が躍りかかるように斬り込んで来た。

栄次郎は腰を落とし、剣を抜いた。相手の剣を弾き飛ばし、自分の剣を返して相手の二の腕を斬った。

悲鳴を上げて、相手は腕を押さえてよろけながら後退(あとじさ)った。

「早く手当てをしないとほんとうに二度と剣が使えなくなる」

「おのれ」

瘦身の侍が正眼(せいがん)に構えた。

「そなたも剣が使えなくなってもいいのか」

相手は尻込みをした。そのとき、坂の途中の暗がりから様子を窺っているひと影に気づいた。船頭かどうかわからない。その男が指笛を鳴らした。

すると、いきなり浪人が池之端仲町のほうに逃げだした。

「待て。逃さぬ」

栄次郎は追おうとした。

大柄な浪人が立ち塞がった。

「誰に頼まれた?」

栄次郎は問い詰める。

「依頼主の名は死んでも出さぬ」

浪人は眼光鋭く言う。

「どうやら、あなたが頼まれて、あのふたりを誘ったということか」

「そうだ。だから、医者をたぐって二の腕を怪我した者を探し出しても、依頼主を知らぬ。知っているのは俺だけだ。だが、俺は言わぬ」

浪人は言い切った。

虚栄ではないようだ。

「わかった。では、依頼主に告げてもらおう。矢内栄次郎は逃げも隠れもせぬ。会いたくばいつでも来い。来なければ、こっちから会いに行くと」

「………」

「そう伝えよ」

「わかった」

大柄な浪人は剣を引き、池之端仲町のほうに逃げて行った。指笛を鳴らした男もすでにどこかに消えていた。

五

翌朝、栄次郎は本郷の屋敷を出て、加賀前田家（かがまえだけ）の上屋敷の横を通り、湯島の切通しを下って来た。

昨夜、浪人に襲撃された場所にやって来て、栄次郎は立ち止まった。

旗本大城清十郎の下屋敷で、辻斬りが乗っていたらしい船を見かけた。船頭も栄次郎を見ていた。一昨日船を追った男だと、気づいたのだ。だから、あとをつけて来た。

あの浪人も、その船頭が金で雇った者に違いない。きのうの僅かな時間で雇ったのだから、深川辺りでうろついている連中なのだろう。

あんな真似をしたら、自分たちが辻斬りだと白状したと同じになる。それとも、栄次郎の腕を見くびっていたのかもしれない。あの三人であっさり栄次郎を倒せると思ったのであろう。

栄次郎を倒せなかったことで、船頭の男は焦っているかもしれない。

いや、まだ、辻斬りの正体はわかっていないのだ。船で自由に行き来しているので、大城清十郎の伜松三郎だと思い込んだが、他の者が船を勝手に使っていたとも考えられるのだ。

しかし、いずれにしろ、あの下屋敷に辻斬りがいるのだ。

栄次郎はその後、元鳥越町の師匠の家に行き、稽古をつけてもらって、お秋の家に行った。

三味線の稽古をしていると、お秋が障子を開けた。

「新八さんです」

お秋の背後から、新八が入って来た。

「すみません。お稽古の最中に」

「どうぞ」

栄次郎は新八を部屋に招じた。

「増村さまの屋敷に行ってきました」

向かいに座るなり、新八が切り出した。

「増村さまは上役のところにお出かけで、きょうは奥方さまだけでした。それで、帰りがけ、庭を拝見させていただきました」

「見ることが出来たのですか」

「はい。女中が案内してくれました。口実を設け、気になる場所に行ってみたのですが、やはり死体が埋められているような形跡はありませんでした」

「形跡はない?」

「ええ。といっても、あっしが埋められているとしたら、この辺りだろうと思ったところではなかったというだけです。もしかしたら、母屋の床下とか、物置小屋の近くとか、暮らしに身近な場所に埋めているかもしれませんが」

「いや、そんな身近な場所に死体を埋めるとは思えません」

「はい。ですから、私の印象としては、あの庭にはおいくさんはいないんじゃないかと思うのですが」

　栄次郎は掘り返されたとは考えられないかときいたが、

「その形跡はありませんでした」

　と新八は答え、そして付け加えた。

「もし埋められているとしたら、屋敷の外ですね」

「うむ、しかし三月以上も発見されないなんて、そんな場所というとどこでしょうか」

「そうですね」

「ただ、それ以上に生きているとしても、三月以上も発見されないなんて不思議です。やはり、うまく江戸を出られたのか……」

「栄次郎さん。今度はあっしを庭に案内してくれた女中に、それとなくきいてみます」

「十分に気をつけてきいてください。怪しまれたら、奥方さまに告げ口されかねません」

「わかりました」

　新八は返事をしたあと、何か言いたそうだった。

「新八さん。何か」

栄次郎は促した。

「ええ」

新八は首をひねりながら、

「栄次郎さん。あっしはどうもあの奥方さまが嫉妬から中間の三太郎におくいを殺させたとは考えられないのです」

「以前にも、そう仰っていましたね」

「ええ。やはり、おいくさんは三太郎といっしょに逐電してしまったのではないでしょうか」

「どこかで生きているということですね」

「そうだと思います」

「さっきも言いましたように、生きているのに、どうして三月以上も発見されないのでしょうか。それより、どうして元気でいると、もっと早くに実家に知らせなかったのでしょうか」

「…………」

「それに、最近になって行脚僧に無事だということを伝えさせたのは中間の時蔵ではないかと思えるのです。時蔵は増村さまから命じられてしたことだと思います」

「時蔵を問い詰めてみましょうか」

「いえ、無駄だと思います。正直に答えるとは思えません」

「そうですね」

「ともかく今はまず、庭においくが埋められていないこと。奥方さまが嫉妬からおいくを殺させることは考えられないとわかってきました。もうひとつ、増村さまがおいくに手をつけることも考えられないとなれば、おいくは生きていると考えられます。まず、おいくは殺されてはいないことをはっきりさせましょう。あとのことは、それから考えましょう」

「わかりました。女中に殿さまの性癖などをそれとなくきいてみます」

新八が引き上げたあと、栄次郎は改めておいくのことを考えた。おいくは生きているにしても、増村家の対応が腑に落ちない。

中間が女中を連れて逐電したことの怒りと同時に不名誉を隠したいという気持ちから事実を公表しなかったということだが、どうも素直に受け取れない。

その夜、栄次郎は兄の部屋に行った。

おいくの件に関して、これまでの経緯を語った。

「すると、おいくは生きていると考えられるのか」

兄は不思議そうにきいた。

「はい、もちろん、生きているとしても、腑に落ちないことばかりなのですが、死んでいるという確証が得られないのですから生きていると考えていいかもしれません」

「生きているなら喜ばしいことだが……」

兄はほっとしたように言い、

「しかし、実家にも知らせないのは、知らせることが出来ないのであろうか。まさか、どこかに監禁されているのではないのか」

「監禁……」

栄次郎ははっとした。自分にそのような考えはなかった。確かに、そういうことだって考えられる。連絡しようにも出来ない状況は監禁でしかない。

増村伊右衛門の屋敷に座敷牢があって、そこに閉じ込められているのでは……。

しかし、旗本とはいえ、増村伊右衛門は五百石だ。それほど大きな屋敷ではない。それに座敷牢があれば、奉公人も気づくであろう。

そのことを言うと、兄は首を傾げながら、

「他の場所ということは考えられぬか」

「他の場所といっても……」

大城清十郎のような大身の旗本であれば、下屋敷があるので、そこに監禁出来るかもしれないが、増村伊右衛門に他に監禁できる場所があるとは思えない。

大城清十郎のことを思い出したついでに、栄次郎は口に出した。

「兄上は書院番の大城清十郎さまを御存じですか」

「大城さまとお話をしたことはないが、何度かお顔を拝見している。大城さまがどうかしたのか」

兄は不審そうにきいた。

「深川の小名木川縁に下屋敷があります。そこに、側室との間にお生まれになった松三郎さまがいらっしゃいます。この松三郎さまについて調べていただけないでしょうか」

「栄次郎、どういうことだ？」

兄の顔色が変わった。

「まだ、はっきりわかっていないので、なんとも言えないのですが」

「まさか、大城さまが絡んでいると？」

「えっ？」

栄次郎は戸惑った。

兄には辻斬りの一件は話していない。大城さまが絡んでいるというのは辻斬りのことなのか。兄は辻斬りのことを知っているのか。

「兄上は辻斬りのことを御存じなのですか」

「辻斬り？」

兄は不思議そうな顔をした。

「兄上、大城さまが絡んでいると仰ったのはどのような意味なのでしょうか」

「もちろん、おいくの失踪の件だ」

「どうして、おいくの件と大城さまが？」

栄次郎は胸が騒いだ。

「増村伊右衛門さまは書院番衆だ。大城さまは増村さまの上役になる」

「なんですって」

栄次郎は唖然とした。

「栄次郎、知らなかったのか」

「はい、知りませんでした」

「辻斬りとはなんだ？」

兄がきいた。

「はい。先月のはじめから辻斬りが出没しております。最初は深川霊巌寺脇で元安という医者が襲われ、これまで五人の犠牲者が出ています。辻斬りの出没場所はすべて川の近くであり、辻斬りは船で移動しているのではないかと思い、ある予想をしていたところ、思惑どおり、本所の天神川近くに現れました。私は辻斬りが乗ったと思われる船を追いましたが見失いました。ところが次の日、最初の犠牲者が出た深川霊巌寺脇に行き、近くの小名木川沿いを歩いていてある屋敷の裏手にある船着場に辻斬りが乗ったと思われる船が停泊しているのを偶然に見つけたのです。その屋敷が、大城清十郎さまの下屋敷でした」

「…………」

「崎田孫兵衛さまにきくと、あの下屋敷には側室との間に生まれた松三郎さまがいらっしゃるということです」

栄次郎は息継ぎをし、

「松三郎さまが辻斬りだという証（あかし）があるわけではありません。でも、あの下屋敷に辻斬りがいるのは間違いありません。じつは、私は金で雇われた浪人に襲われました」

「襲われた？」

「はい、下屋敷の船着場の船に船頭がいて、私のほうを見ていました。そして、引き上げるとき、あとをつけて来ました。襲われたのはその夜です」

「うむ」

兄は難しい顔で唸って、

「まさか……」

「おいくさんが下屋敷に、とお考えですか」

「いや、そうではないが……」

兄はあいまいに言う。

「兄上。下屋敷ならば座敷牢も考えられます。それに……」

栄次郎は少しためらったが、

「殺されているにしても広大な庭の下屋敷なら十分に埋める場所もあると思いますが、それより、船で亡骸（なきがら）を遠くに運ぶことも出来ます」

「…………」

兄は厳しい顔で頷く。

「兄上。大城さまと増村さまの間に何かあったのではないでしょうか。おいくさんが行方を晦ます前、大城さまの下屋敷で何かあったのかもしれません。あくまでも想像だけですが、考えられることはなんでも調べてみるべきだと思います」

栄次郎は身を乗り出して訴える。

辻斬りの一件とおいくの行方知れずが何かで繫がっている。そんな気がして、栄次郎は昂(たかぶ)っていた。

第三章　身代わり

一

　翌日の昼前、栄次郎と新八は小名木川沿いを歩き、旗本大城清十郎の屋敷の近くで足を止めた。

　きょうは例の船は停泊していなかった。

「ここですか」

　新八は感慨深そうに言う。ここに、おいくがいるかもしれないのだ。ただ、生きているのかどうかわからない。

「東のほうには十万坪や新田など開拓した土地があります。ここからなら夜に船で運んで行けます」

殺されていたら、新田のどこかに埋めに行ったかもしれない。

「座敷牢があるかどうかですね」

「ええ、お願いします」

高橋まで戻り、小名木川の対岸に渡り、大城清十郎の下屋敷の正面にやって来た。

「だいたい見当がつきました」

どこから忍び込むか、新八は目処をつけたようだ。

「では、いったん引き上げましょう」

栄次郎は踵を返し、北森下町から竪川に出て、両国橋に向かった。

「もし、おいくが座敷牢にいるにしても、なぜ、増村さまは黙って見過ごしているのでしょうか。増村さまなりに何か思惑があってのことでしょうか」

「ええ。そうだと思います。大城さまは書院番衆の長ですからね。何も言えないのか、あるいは積極的に加担しているのか……」

栄次郎は答えてから、

「ただ、あくまでも勝手な憶測であって、もしかしたら私たちはまったく見当違いのことを探っていることもあり得ます。ともかく、今夜の結果を見て」

「結果をどうお知らせしましょうか」

新八はきいた。

「近くで待っています」

「いえ。そんな遅い時間にいけませんよ。それに、あっしだけのほうが気楽に出来ます」

「申し訳ありません」

「そんな気を使わないでください」

「それでは明日の朝、五つ半（午前九時）ごろ、長屋にお伺いします」

「わかりました」

両国橋を渡り、浅草御門をくぐってから、神田佐久間町に向かう新八と別れ、栄次郎は黒船町に向かった。

師走に入って厳しい寒さは少し和らいでいたが、それでも北風は冷たい。煤払いに煤竹売りが歩いている。

お秋の家に着き、栄次郎は久しぶりに夜まで三味線の稽古に専心した。お秋が行灯に灯を入れに来たのも気づかずに撥を振り続け、崎田孫兵衛がやって来て、ようやく稽古を終えた。

階下に行くと、すでに孫兵衛は寛いでいて、酒を呑んでいた。

「来たか」

　孫兵衛は待っていたように言い、

「栄次郎どの」

　と、身を乗り出した。

「大城清十郎さまの下屋敷の件、調べた」

「ありがとうございます。何かわかりましたか」

「うむ。そなたの言うように、十月の半ば頃、下屋敷である奉公人が松三郎どのに成敗されたそうだ」

「やはり……」

「なんでも、その奉公人は奥の部屋から金を盗んだそうだ。とがめた家来に歯向かってきたので、松三郎どのが斬り捨てたということだ」

　孫兵衛は手酌で酒を呷（あお）ってから、

「この件は大っぴらにはなっていない。目付も大城さまの報告を鵜呑（うの）みにして、そのまま片づけている。奉行所も同じだ」

「奉公人とはどんなひとなのですか」

「佐賀町（さがちょう）の口入れ屋から雇った中間（ちゅうげん）だそうだ。近くの武家屋敷の中間部屋で開かれていた賭場に出入りしていたらしい。博打の金を手に入れようとしたのだ」

「…………」

「どうした？」

考え込んだ栄次郎を訝って、孫兵衛はきく。

「いえ。で、その中間というのは身内は？」

「いなかったそうだ。だから、そのことでのいざこざとかはまったくない」

栄次郎は想像する。

松三郎はそのときはじめてひとを斬ったのではないか。その感触が忘れられずに、辻斬りになって愉悦に浸っている。

だが、それだけでひとを殺し続けるとは思えない。何か、松三郎には心の闇があるのではないのか。

「大城さまのご子息は清一郎さまの他に？」

「男児は清次郎、清四郎といる。娘御はふたり」

「いずれも正室の子なのですか」

「そうだ。妾の子は松三郎だけだ」

「松三郎さまは三男なのですか」

「そうだ」

「清三郎という名はありませんね。松三郎さまはなぜ清三郎にはならなかったのでしょうか」

「妾の子だからだ」

それに間違いないと思ったが、証はまったくない。

「栄次郎どの、教えてもらおうか。なぜ、松三郎どのに？」

「いましばらく猶予を」

「なに？　わけを教えられぬと言うのか」

「いまだ、証がありませぬゆえ」

「聞いたからといって、そのほうの言うことを鵜呑みにするほど耄碌（もうろく）はしておらぬ」

孫兵衛は腹を立てた。

「わしに調べるだけ調べさせて、己の約束は反故（ほご）か。栄次郎、見損なったぞ」

お秋が孫兵衛の剣幕に驚いて飛んで来た。

「旦那。どうしたんですか」

「おまえは引っ込んでおれ」

孫兵衛はお秋に怒鳴る。

「崎田さま。まだ、私の妄想に過ぎませぬ。お話しするにはまだまだ証が足りませぬ」

「そなたはわしを虚仮にするのか。そなたの妄想を聞いて、わしがあわてふためくと思っておるのか」

「そうではありません」

栄次郎はため息をついた。孫兵衛の気持ちもわからぬではない。もしかしたら、孫兵衛も松三郎についてなんらかの想像を働かせているのかもしれない。それに、このことは明日にでも政吉に話そうと思っていたことだ。

「わかりました。お話しいたしまする」

栄次郎は口にした。

「待て」

孫兵衛は敷居のところに心配そうに立っているお秋に、

「向こうに行っていろ」

と、声をかけた。

「はい」

お秋が障子を閉めて出て行ってから、

「よし。聞こう」

と、孫兵衛は促した。

「一連の辻斬りは船で移動をしていることがまずわかりました。辻斬りが乗ったと思われる船が小名木川沿いにある大城清十郎さまの下屋敷の船着場に停泊していました」

栄次郎はこれまでの経緯を語り、

「辻斬りは大城さまの下屋敷から現場に出没していたのに間違いはありません。船頭に船を漕がせ、夜更けに動きまわれる者といったら松三郎さまではないかと考えたのです」

「…………」

孫兵衛は口を半開きにして聞いている。

「辻斬りが横行しだしたのは十一月に入ってから。何か辻斬りをはじめるきっかけがあったのではないか。それで、崎田さまにそれ以前に下屋敷で何かなかったかを調べていただいたのです」

栄次郎は息継ぎをし、

「すると、十月の半ばごろ、奉公人が松三郎どのに成敗されたということ。この成敗が、松三郎さまの中で眠っている狂気を呼び起こしてしまったのではないか。ひとを斬ることに喜びを感じるようになったのではないか」

栄次郎は半拍の間を置き、

「しかしながら、松三郎さまが辻斬りの張本人だと決めつける証は何もありません。今、私が申したことも、松三郎さまを辻斬りだと決めつけるためのこじつけに過ぎません。いくら、奉公人を成敗したからといって、そのときにひとを斬ることの喜びに目覚めたなどというのは強引な考えかもしれません。ただ、あの下屋敷に辻斬りがいるのは間違いありません。松三郎さま以外の者かもしれません」

「…………」

話し終えたが、孫兵衛は口を開こうとしなかった。

「信じられぬ」

やっと、孫兵衛が口を開いた。

「このことは奉行所の者には？」

「まだ、話していません」

「わしから話す」

「しかし、まだ証はありませぬ」

「だが、下屋敷にいるのは間違いあるまい。下屋敷の警戒をさせる」

「わかりました」

「辻斬りの正体を探る手立てはあるのか」

「あります」

「なんだ？」

「辻斬りはこれまで八日から十日の間隔で斬殺を繰り返しています。次は十二月十六、七日辺りです。その頃、下屋敷から辻斬りが船で出かけるかもしれません。ただ」

「ただ？」

「はい。敵もこっちの動きを察したなら警戒して出かけないかもしれません」

「そうだの。危険を省みず、動くとは考えられぬ」

「ですが、もし辻斬りが殺しに喜びを感じているならじっと堪えることは難しいでしょう。いつか、動きだすはずです」

栄次郎は血に飢えた獣のような辻斬りは必ず動きだすとみている。

「ともかく、これ以上の辻斬りの犠牲者は出してはならぬのだ」

「はい」

ふと、気づくと、孫兵衛は猪口を口に運んでいなかった。酒を呑まずに、栄次郎との話に専心していた。

「奉行所は武家屋敷に踏み込むことは出来ぬが、屋敷の外で起こったことには責任がある。明日から毎夜、下屋敷を見張る。お秋」

孫兵衛は呼んだ。

「お呼びですか」

お秋がやって来た。

「今宵は帰る。やらねばならぬことが出来た」

立ち上がった孫兵衛はさすがに奉行所の重鎮らしい厳しい顔つきになっていて、いつもの鼻の下を伸ばした中年男とは別人だった。


栄次郎は駕籠(かご)を待っている孫兵衛に別れを告げ、一足先にお秋の家を出た。

今宵は月が皓々(こうこう)と射していた。まさか、孫兵衛があそこまで真摯に栄次郎の言うことを聞き入れるとは思わなかった。

孫兵衛が言うように、これ以上の辻斬りの犠牲者は出してはならない。そのためには毎夜、下屋敷を見張っていなければならない。

御徒町から下谷広小路に出て、湯島の切通しに向かう。つけられている気配はなく、待ち伏せもなく、栄次郎は本郷の屋敷に帰って来た。

仏間で、母と兄が話し合っていた。そういえば、後添いの話があったとき、兄は返事を半月待ってくれと頼んでいた。

まだ半月経っていないが、兄は責められているのではないかと思って、栄次郎は仏間の前に腰を下ろし、

「失礼します」

と、襖を開けた。

「栄次郎ですか。今、栄之進と大事な話をしています。あとにしてください」

母は突き放すように言う。兄は助けを求めるような目を栄次郎に向けた。

「すみません。今、屋敷の前で兄上が使っている密偵の新八さんにお会いしました。至急、言付(ことづ)けてもらいたいということでしたので」

「なに、新八が？」

「はい。かなり急いでいるようでした」

「母上。申し訳ございません。この話は後日」

兄は立ち上がった。

「あっ、栄之進」

　母は呼びかけた。

「母上、すみません。邪魔してしまったようで」

「仕事なら仕方ありません」

　母はため息をついた。

「兄上の後添いのことですか」

「そうです。栄次郎、そなたからも勧めてください。今度のお相手は大身の旗本です」

「母上。確か、以前にも大身の旗本の娘御の話がありましたね。でも、そのお方は我が屋敷に来て、ずいぶん失礼な振舞いをして、母上もあとでご立腹だったではありませんか」

「あれは、我が家を見下していました。あの娘はいけません。でも、今度の相手はだいじょうぶです」

「でも、家格の違うお方を妻にしたら、兄上は苦労なさるんじゃありませんか。なにしろ、実家の権威を振りかざして……」

「その心配はいりません」

「でも、妻になって日々を過ごすうちにだんだん、今までの暮らしと違うことに嫌気が差して、兄上に当たるようにならないとも限りません」

「栄次郎」

母が厳しい表情になった。

「あなたは、この縁組に反対なのですか」

「とんでもない。反対とかそういうわけではなく、家格の違いを心配しているのです。きっと兄上もそのことを気にかけているのではないかと」

「そのような心配はいりません。お父上の大城さまも小禄の矢内家のことを承知の上でこの縁談を……」

「母上、お待ちください」

あわてて、栄次郎は口をはさむ。

「今、相手のお方の名を仰ったのですか」

「そうです。書院番の大城清十郎さまのご息女美津どのです」

「それはまことのことで？」

「嘘を言ってどうなりますか」

「すみません。そういうわけではありません。母上」

栄次郎は少し昂りながら、

「私もいいお話だと思います。私も兄上を説き伏せてみます」

「栄次郎が？　ほんとうに出来ますか」

「はい、任せてください。さっそく、兄上に。失礼します」

栄次郎は会釈してすぐに部屋を飛び出した。

兄の部屋に前に立ち、

「兄上」

と、声をかけて襖を開けた。

「終わったか。さっきは助かった」

兄はほっとしたように言う。

「兄上は相手の家の名をおききになりましたか」

「いや。大身の旗本の娘だというだけだ」

「大身の旗本とは、書院番の大城清十郎さまだそうです」

「なに、大城清十郎」

兄も目を見開いた。

「松三郎さまのことを調べるいい機会だとは思いませんか」

「そのために縁談を受けろと言うのか」

「おいくがあの下屋敷に監禁されていることも考えられます。今夜、新八さんが下屋敷に忍び込んで座敷牢があるかどうか調べてくれることになっています」

「………」

「もちろん、おいくと松三郎さまがどう繋がっているかはわかっていませんが、あり得ないことではありません。増村さまは大城さまの下で働いているのですから、どういう縁が生まれているかわかりません。そのことを調べるいい機会ではありませんか」

「うむ」

　兄は苦しげに表情を歪めた。

「崎田さまの話では、十月の半ばごろ、下屋敷である奉公人が松三郎さまに成敗されたそうです。それが、松三郎さまが辻斬りをはじめるきっかけになったのではないでしょうか。ひとを斬る感触が忘れられなくなったのです」

「栄次郎、わしに相手の娘御を騙すことなど出来ぬ」

「わかります。そのお気持ち」

　栄次郎は応じてから、

「でも、いずれ松三郎さまが辻斬りということがあばかれるでしょう。そうなったとき、大城さまはどうなりましょうか」

「…………」

「娘御を通して大城さまにお会いし、現実をお話しして差し上げることこそ、縁組の話が出た相手に対する思いやりではありませんか」

栄次郎はさらに説きつける。

「もし、松三郎さまが危険を察して辻斬りをやめたら、このまま追及は出来なくなってしまいます。このまま済ませたら、またあとで何かを仕出かします。今、手を打っておかねば、大城家はこの先、苦境に立たされるときがくるように思えます」

「しかし」

「縁組の相手のお方を騙すようなことになってしまいますが、もしここでお断りをし、あとで大城家が窮地においやられることになったら、いかがなさいますか」

「…………」

「兄上」

栄次郎はなおも迫ろうとした。

「わかった、栄次郎」

兄は厳しい顔を向け、

「この縁組、お受けする」

と、覚悟を固めたように言い切った。

「兄上……」

「さっそく、母上にその縁組を進めてもらうように言い、早急に娘御に会わせていただくようにお願いしよう」

「はい」

立ち上がった兄は栄次郎に微笑んだ。

「そちのおかげで道を誤らずに済んだ。礼を言う」

「とんでもない。差し出がましい口を利いて申し訳ありませんでした」

「よき弟を持った」

そう言い、兄は部屋を出て母のもとに向かった。

母の喜ぶ顔を浮かべながら、母を騙したことに心が痛んでいた。

二

翌朝、栄次郎は明神下の新八の家にやって来た。

新八はすでにふとんも片づけて待っていた。

「いかがでしたか」

栄次郎は挨拶もそこそこにきいた。

「ありませんでした。座敷牢はありません。土蔵の中の様子も窺いましたが、ひとを閉じ込めた形跡はありませんでした」

「そうでしたか」

おいくが下屋敷に監禁される理由はなく、ましてや亡骸を隠すことも考えられず、下屋敷に目を向けたのは間違いかもしれない。

「おいくのことは考えすぎだったかもしれませんね」

栄次郎は素直に過ちを認めた。

「それより、栄次郎さん。松三郎さまの部屋に刀がふた振りありました」

「ふた振り？」

「はい。床の間の刀掛けにあるものと別に、枕元にひと振り。有明行灯(ありあけあんどん)の明かりで微かに見えただけですが。ひょっとしたら名刀なのではないでしょうか」

「名刀？」

「はい。もしかしたら、その名刀の斬れ味を確かめるために辻斬りをしていたんじゃないかって思いました」

「それは十分に考えられますね」

栄次郎は、十月の半ばごろ、下屋敷で松三郎が奉公人を成敗した話をした。

「その刀で斬ったのでは？」

「おそらく、そうだと思います」

松三郎はなんらかの形で名刀を手に入れた。その刀を手にしているうちに試し斬りをしたくなった。それが奉公人の成敗に繋がったのではないか。

初めてひとを斬った感触が忘れられずに、その後は辻斬りを続けた。だが、それも想像だけで、松三郎が辻斬りだという決定的な証にはならない。

「栄次郎さん、ひょっとして、おいくさんも名刀の試し斬りに？」

新八が戸惑い気味に言う。

「松三郎とおいくさんに関わりがあるとは思えません。おいくさんが大城家の女中ならともかく、大城清十郎さまの部下の屋敷の女中ですからね」

そこに何かあったのだろうか。

「栄次郎さん。きょう増村さまのお屋敷にお伺いします。奥方に、大城清十郎さまのことをきいてみようかと思うのですが……」

「いきなり、きいたら怪しまれるかもしれません。大城清十郎さまのことを話題にするきかっけがあるといいのですが……」

「そのことなんですが」

新八は自信なさげに、

「大城清十郎さまのお屋敷に出入りしたいと西京堂が願っている。斡旋をしていただけないかと申し入れるのはいかがでしょうか。なにも世話をしていただくことが狙いではなく、断られることは承知です。ただ、大城清十郎さまの話題を出すきかっけに……」

「そこまでするには西京堂さんの許しを得てからにしたほうがいいでしょうね。増村さまのお屋敷に出入り出来るようになって日が浅いのに、さらにそんな願いをしたら西京堂さんの印象が悪くなってしまいかねません」

栄次郎は西京堂長四郎の立場が悪くなるような真似はしたくなかった。

「そうですね。わかりました。もう少し、考えてみます」

「お願いします」

栄次郎は新八の長屋を出てから元鳥越町の師匠の家に向かった。きょうは稽古日だったが、栄次郎は事件のことが頭から離れず、稽古に専念出来るか自信がなかった。

それでもなんとか稽古をし、特に師匠から注意を受けることなく、無事稽古を終えた。

元鳥越町の師匠の家から黒船町のお秋の家に移動した。

一刻（二時間）ほど、夢中で稽古をして、手を休めたとき、岡っ引きの政吉がやって来た。

「よろしいですかえ」

すまなそうに、政吉は部屋に入って来た。

栄次郎は三味線を脇に仕舞い、政吉と向かい合った。

「今夜から、小名木川沿いにある大城清十郎さまの下屋敷を見張ることになりました。矢内さまが崎田さまにお話しなさったようですね」

栄次郎はこれまでの経緯を話し、

「松三郎が辻斬りだという証はまだありませんが、下屋敷に辻斬りがいるのは間違いありません。これ以上の被害を出さないためにも、見張りを続けてください」

「へい」

政吉は頷いてから、

「じつは作次さんの件なんですが」

と、話題を変えた。

「何かわかりましたか」

「いえ、ただ、娘さんの話では、殺される十日ほど前から夕方から夜にかけて毎晩のように千駄木町(せんだぎちょう)の家から出かけて行ったそうです」

「毎晩のように？」

「目的があったようですが、娘さんにも用件は話していません」

「子分だった亀三さんにも？」

「話していません。あくまでも独りで動いていたようです」

「作次さんがそれほど熱心になっていたのは、やはり岡っ引き時代に未解決に終わった件に関わりあるものだからではないでしょうか」

「未解決というと、三年前の芝宇田川町の押込みですが……。ですが、三年経って、手掛かりが得られたのでしょうか」

政吉は首を傾げた。

「押込み以外に未解決は？」

「さあ、わかりません」

政吉は困惑した顔で、

「娘さんの話では、いつも帰って来たときは厳しい顔つきだったそうです。何も成果が得られなかったからでしょう。でも、作次さんは次の日も疲れた様子を見せず出かけて行ったということです」

「作次さんは何か引っ掛かったが、証がないので、亀三さんにも言わなかったのでしょう。作次さんがそれだけ拘(こだわ)ったのは、やはり宇田川町の押込みではないでしょうか。これは亀三さんの手を借りたほうがいいかもしれませんよ」

「わかりやした。昼間は手が空いてます。これから芝に行ってみます」

そう言い、政吉は引き上げて行った。


改めて三味線を抱えたとき、お秋がやって来て、

「栄次郎さん」

と、声を掛けて障子を開ける。

「西京堂さんがいらっしゃっています」

「そうですか。どうぞ、お通ししてください」

「それが……」

「どうかしましたか」

「政吉親分が帰ったばかりだと言ったら、また自分がお邪魔したら稽古が出来ないから出直すとおっしゃって。それで、今、栄次郎さんにきいてきますからと、待ってもらっています」

「そうですか。私が行きます」

栄次郎はお秋といっしょに梯子段を下りた。

土間に西京堂長四郎が立っていた。

「栄次郎さん」

長四郎は頭を下げた。

「遠慮はいりません。さあ、お上がりください」

「でも、政吉親分がいらっしゃっていたそうではありませんか。続けて、私がお邪魔してお稽古の妨げになってもいけません」

長四郎は気を使った。

「構いませんよ。さあ、どうぞ」

「そうですか。では、少しだけ」

長四郎は二階に上がった。

部屋で差向いになってから、

「栄次郎さん。新八さんから聞いたのですが、増村さまに書院番の大城清十郎さまの屋敷に出入りを出来るようにお願いしてもらいたいと……」

「いえ。話として出ただけで、そこまでは考えていません。忘れてください」

「新八さんも、同じようなことをおっしゃっていましたが、もし必要なら、お引き受けいたします」

長四郎は真顔で言う。

「いえ、いいのです。増村さまに出入りを許されたばかりなのに、すぐそんな話を持ち出したら、増村さまからの印象も悪くなりましょう」

「いえ。そこはだいじょうぶでございます。少し珍しい香炉があります。青磁獅子香炉で、年代物でして。増村さまから大城さまにお贈りすれば、増村さまの覚えもよくなりましょうほどに」

「しかし、また高価な品物を贈り物にしたら、長四郎さんのほうはかなり損が……」

「損して得をとれでございます。それに、私は栄次郎さんのお役に立てれば、それだけでいいのです」

「長四郎さん。すみません」

栄次郎は頭を下げた。

「なんの。気になさらなくて結構でございます。私は商売人。決して損するような真似はしません」

長四郎は笑った。

「じつは、今、兄のほうで大城清十郎さまとの繋がりが出来るかもしれないのです。もし、兄のほうがうまくいかなかったら、改めてお願い出来ますか」

「わかりました。私のほうはいつでも構いません」

長四郎は答え、

「お稽古の妨げになってもいけませんので、私はこれで」

と、腰を上げた。

「いえ、ここで」

立ち上がろうとする栄次郎を制し、

「どうか、今度ゆっくり我が家に遊びに来てください」

と言い、長四郎は部屋を出て行った。

いくら損して得をとるといっても、最初に増村伊右衛門に贈った香炉も高価なものに違いない。今度、大城清十郎に贈ろうとしたものはさらに高価なものになるのではないか。それを贈ったところで、出入りが許されるかもわからない。

やはり、商売のためというより、栄次郎のためとしか思えない。

(長四郎さん、すまない)

栄次郎は心の内で頭を下げていた。


その夜、久しぶりに早く帰り、自分の屋敷で夕餉をとった。兄はまだ帰っていなかった。そして、夕餉のあと、母に仏間に呼ばれた。

母は灯明を上げ、仏壇に手を合わせていた。栄次郎も入れ代わって手を合わせ、母と向かい合った。

「栄次郎、ありがとう」

母がいきなり頭を下げた。

「母上。お顔を上げてください」

栄次郎はあわてた。

「いいえ、そなたのおかげで栄之進もその気になってくれたのです。おそらく、栄之進はそなたのことに気を使い、縁組の話を避けてきたのでしょう」

「………」

「栄次郎。栄之進に嫁がきたとしても、そなたはすぐここから出て行くことはありません。そなたもじっくり養子先を決めて……」

どうやら母は誤解をしているようだ。兄が縁組の話を断ってきたのは、まだ自由でいたいという思いからだが、母は兄が栄次郎を気づかっていたためだと考えたようだ。

母がそう思い込んでいるのを、しいて異論を口にする理由もなかった。

「それが、おかしいことに」

母は思い出したように顔を綻ばせた。

「そうと決まれば、相手のお方に挨拶したいから申し入れてくれと、ずいぶん積極的になって」

「そうですか。で、兄上は相手のお方と会いに行かれるのですか」

「ええ、夕方。大城さまから返事が届き、明後日十五日の夜に決まりました」

「そうですか」

「うまくいくときは、ほんとうにとんとんと物事が進むものですね。これで、母も一安心です」

母は穏やかな表情になった。

この話はうまくいかないだろう。母の落胆する顔が脳裏を掠め、母を騙していることとに、栄次郎は胸が痛んだ。

三

十二月十四日の夜、月は雲間に隠れていることのほうが多かった。

大川から小名木川に入る手前で、捕り方を乗せた船が待機している。辻斬りの船が出発したらあとをつけるためだ。

栄次郎は小名木川沿いの通りから対岸の大城清十郎の下屋敷裏手の船着場を見た。例の船は見えない。

きのうもその前も動きはなかった。きょうで前回の柳島妙見近くの辻斬りから五日になる。

そろそろ動きだすはずだと思っていたが、裏門が開く気配はなかった。

五つ（午後八時）をまわった。船はまだやって来ない。連夜見張っている政吉にきくと、例の船はずっと現れないという。

五つ半になって、政吉が近付いて来た。

「今夜も動きはないようですね」

「この時刻ならもうないでしょう」

「私たちの動きを察して控えているのでしょうか」

「おそらく、そうだと思います。あの船頭は私のあとをつけ、黒船町の家を知っています。近所できけば、与力の崎田さまと関わりのある家だと知ることは容易です。おそらく、辻斬りが動きだすのを必死に抑えているのかもしれません」

「このまま、辻斬りをやめてしまうことはあり得ましょうか」

「ひとを斬って喜びを感じているのです。またやりましょう。今は必死に自分の欲望を抑えているのではないでしょうか」

「すると、我慢比べになりそうですね」

「ええ。ただ、気をつけなければならないのは、辻斬りはもう船を使わないかもしれないことです。夜間に屋敷を出て行く武士には注意をしておいたほうがいいかもしれませんね」

「わかりました。見張りの者にも徹底させます」

「私はこれで引き上げます」

そう言い、栄次郎は大川に向かって歩きだした。途中、大川から入って来た船があったが、辻斬りを乗せた船ではなく、船頭も別人のようだった。

新大橋を渡り、今度は大川沿いを薬研堀のほうに向かう。誰か、つけてくる。栄次郎は背後に注意を向けた。

侍のようだ。先日の浪人の仲間か。あるいは、新たに依頼された者か。左手は武家屋敷の塀が続き、右手は大川だ。

月は雲間に隠れたままだ。背後に迫って来る気配がした。栄次郎は歩きながら刀の鯉口を切った。

勢いよく迫ってくる殺気を感じた。栄次郎は立ち止まった。十分に引き付けて、剣を抜こうとしたが、寸前で殺気が消えた。

前方から提灯の明かりが近づいて来たのだ。振り返ると、浪人ふうの侍が武家屋敷の角を曲がって行った。

暗くて、背格好はわからなかった。前方から供の者に提灯を持たせた老武士がやって来てすれ違った。

提灯の明かりを見て攻撃を諦めたようだ。

船頭が新たな浪人を雇ったのかと思ったが、栄次郎は首を傾げた。辻斬りの仲間だろうか。辻斬りだとしたら、もはや栄次郎ひとりを倒したところで無駄だ。町方はすでに辻斬りに見当をつけており、辻斬りのほうもそのことは察しているはずだ。

今の襲撃は辻斬りのほうではない。栄次郎はそう思わざるを得なかった。だが、そうなると、誰が栄次郎の命を狙うのか。

考えられるのはひとりしかいない。作次を斬った浪人だ。その浪人に会っているのは栄次郎だけだ。

痩身の面長で、鼻が高い。やや、猫背ぎみだった。その浪人は普段でも栄次郎とばったり出会う恐れを感じているのではないか。つまり、栄次郎の行動範囲内に住んでいるか、あるいは仕事で動きまわっている……。

あのとき、浪人は湯島天神の境内から鳥居を抜けて逃げた。その前は、神田明神で見られていた。

あの浪人は湯島天神から神田明神を中心にした界隈に住んでいるのではないか。栄次郎とばったり出会うことがあり得るのではないか。

本郷の屋敷まで何事もなく帰り着いた。すでに母も寝入っており、栄次郎は静かに部屋に入った。

「栄次郎」

襖の外で、兄の声がした。

「どうぞ」

襖が開いて、兄が入って来た。

「明日の夜、大城清十郎さまのお屋敷にお伺いすることになった」

「母上からお聞きしました」

「うむ。母上だけでなく、美津どのも騙すことになって胸が痛むが、なんとしてでも大城さまにお話し申し上げねばならない」

「はい。大城さまの家名に傷がつかぬように始末せねばなりません。そのことがまずは大事かと」

栄次郎は兄を励ます。

「わかっている。が、なんとなく、気が重い」

兄はため息混じりに言う。

「お気持ち、お察しします」

「で、下屋敷のほうはどうだ？」

兄はきいた。

「まだ動きはありませぬ。奉行所に目をつけられたことに気づいております。それで、じっとしているのではないかと思います、ただ、いつまでも辛抱出来るとは思いません。近々、動きだすはずです」

「それが、明日かもしれぬな」

「はい。奉行所のほうも、これ以上の犯行を許さないという覚悟で下屋敷を見張っています。その包囲をかいくぐって辻斬りを働くのは至難の業（わざ）だとは思いますが……」

栄次郎は微かな不安を抱いている。

「何か気になるのか」

「はい。もし、辻斬りが松三郎さまだとしたらですが、松三郎さまはいつまで辻斬りを続けるつもりなのでしょうか。こんなこと、いつまでも続けられるはずはないことはご自分でも想像がつくはず。どうやって、ことを収めるつもりだったのか」

「ただ本能のまま、ひとを斬りたかったのだとしたら、そこまで考えていなかったのではないか。いわば、病だ」

「そうですね」

「何を気にしている?」

「松三郎さまが辻斬りに走った理由です。松三郎さまが大城家でどういう立場にいるのか。兄上、明日はそのことも確かめてきてくれませんか。それによっては……」

「それによっては?」

「すみません。間違っていたら、かえって混乱してしまいます。どうか、明日の様子を伺ってから私の考えをお話ししたいと思います」

「そうか。わかった」

「それから、念のために松三郎さまと増村伊右衛門さまのつながり、さらにはおいくさんのこともきいていただけますか」

「わかった。では、もう遅いゆえ」

「はい、お休みなさいませ」

部屋を出て行く兄に、栄次郎は声をかけた。


翌朝、栄次郎は本郷の屋敷を出て、まっすぐ湯島天神にやって来た。

作次を斬った浪人は湯島天神から神田明神にかけて、またはその周辺に住んでいるような気がしている。

栄次郎は湯島天神の鳥居を出て、門前町を歩き、そして神田明神のほうに向かった。妻恋坂(つまこいざか)を上がり、妻恋町に足を向ける。そこを歩きまわり、再び妻恋坂に出て、坂を下り、明神下に出た。

明神下には新八が住んでいるので、この辺りはよく通る。あの浪人は明神下付近で栄次郎を見かけたのではないか。

だから危機感を持ったのかもしれない。しかし、作次殺しはあの浪人の考えからではあるまい。誰かから頼まれたのであろう。

だが、殺しを頼まれた者として、下手人として見破られては依頼主の信用に関わる。だから栄次郎を殺さねばならなかったのだ。

そうだとしたら、その浪人を見つけたとしても、依頼主のことは話すまい。それでも、浪人の正体がわかれば、依頼主のなんらかの手掛かりが得られるであろう。

栄次郎は再び湯島天神のほうに戻った。どこかから、あの浪人が見ていたら、圧迫を与えることが出来るだろう。そうすれば、必ずやまた襲撃してくる。それを期待したのだ。

それから、栄次郎は池之端仲町のほうに向かった。こっちに住んでいるとは思えないが、それでもぶらぶら歩いた。

結局、半刻（一時間）以上歩きまわって、きょうは師匠の稽古日ではないのでそのまま浅草黒船町に向かった。

お秋の家で三味線の稽古をし、夕方早めに夕餉を馳走になって、栄次郎は再び深川に向かった。

　両国橋に差しかかったとき、辺りはすっかり暗くなった。本所や深川方面の町家に明かりが灯っている。

　前方から注連（しめ）飾りを持った職人ふうの男が歩いて来る。きょうは富岡（とみおか）八幡宮の年の市で、注連飾りや若水桶（わかみずおけ）など、正月の飾りや什器（じゅうき）などを売る市が開かれている。わざわざ、富岡八幡宮まで行ったものと思える。

　満月はさっきから雲に隠れたままだ。今夜も月は見られそうもない。栄次郎は今夜、辻斬りが動きだすような予感がした。

　橋を渡り切る寸前に竪川から船が出て来た。栄次郎はあっと思った。あの船に似ていた。船頭も同じ男のようだ。

　瞬時に悟った。辻斬りは正面の潜り戸を出て、竪川までやって来た。そこに船を用意してあったのだ。

　政吉たちはこのことに気づいていないのだ。栄次郎は船がどこに向かうか橋の上から見た。

　両国橋をくぐった。栄次郎は反対側に移動した。欄干に身を隠し、船を目で追う。

　船は大川をゆっくり上って行く。

栄次郎は両国橋を戻る。

そのとき、声をかけられた。

「栄次郎さんじゃありませんか」

「あっ、政吉親分。いいところに。あの船」

栄次郎は暗い大川に指を差す。微かに船影が浮かんでいる。

「辻斬りです」

「なんですって」

「船を呼びに行くのはもう遅い。柳橋で船宿から猪牙舟（ちょきぶね）を借りましょう」

「へい」

政吉は手下に、

「おめえはここからあの船が見えるまで目で追え。俺たちが橋に来たら、どのへんまで行ったか教えるんだ」

ちょうど雲が切れ、月影が射した。大川の先まで望めた。

「わかりやした」

手下が答え、欄干から身を乗り出して船の行方を目で追う。

栄次郎と政吉は橋を下り、柳橋の船宿に飛び込み、猪牙舟に乗り込んだ。

神田川から大川に出ると、両国橋のほうに下る。

「親分、御蔵前を過ぎてから左に寄って行きました」

「よし、おめえは見張りの者にこのことを告げて来い」

政吉は叫んだあと、

「ともかく、駒形辺りまで急いでくれ」

と、船頭に告げる。

猪牙舟は水に乗り、速度を上げて走った。左手に米蔵が並んでいる。そこを過ぎると、御厩河岸だ。そこの船着場に例の船はなかった。

「船頭さん。このまま駒形堂の前までお願いします」

栄次郎は駒形堂の前ではないかと考えた。

「へい」

猪牙舟は左岸に寄ったまま駒形堂を目指した。

左手に黒船町のお秋の家が見えた。そこを過ぎると諏訪町、駒形町へと続く。

駒形堂の前の桟橋に船が停まっていた。

「あれですか」

政吉がきく。船頭の影が見える。

「そうです。あの船です」

栄次郎は答える。

「船頭さん、その辺りの桟橋で下ろしてください。政吉親分は船と船頭を見張っていてください。私は辻斬りを探します」

「わかりました」

駒形堂の手前に朽ちかけた桟橋がぽつんとあったので、そこで栄次郎は船を下りた。

栄次郎は駒形町から並木町のほうに向かう。正面に浅草寺の雷門が見える。ひとはまばらにある。雷門から吾妻橋、田原町に向かい、大きくまわって再び駒形町に戻って来た。

逃げることを考えたら、そう遠くに行っていないはずだ。栄次郎は駒形堂に向かった。駒形堂にお参りのひと影があった。

と、駒形堂の脇の葉の落ちた柳の陰に何か動いた。職人体の男が駒形堂から出て来た。黒い影が職人に近付く。

抜き身が光った。栄次郎は思わず叫んだ。

「待て」

その声に、黒い影の動きが止まった。職人が気づき、腰を抜かした。

栄次郎は駆けつけた。

「やめるのだ」

栄次郎は辻斬りに叫ぶ。辻斬りは覆面をしていた。細身でしなやかな体つき。光沢のある絹を身につけている。身分の高い者だということを窺わせる。

職人が足をもつれさせながら逃げだした。

「おのれ」

辻斬りが斬り込んで来た。鋭い剣だ。栄次郎は後退ってかわし、

「あなたが一連の辻斬りの張本人ですね」

と、確かめる。

「よけいな真似を」

再び、辻斬りは斬りかかる。栄次郎は抜刀して相手の剣を弾く。相手はすぐ構え直し、今度は横一文字に栄次郎の胴を襲った。

栄次郎は身を翻（ひるがえ）して、上段から斬り込んだ。相手が栄次郎の剣を鎬で受け止めた。鍔元（つばもと）で剣を交え、栄次郎は相手に迫る。

間近に顔を近付け、

「大城松三郎さまですね」

と、栄次郎は問うて、顔を覗き込む。切れ長の目に先の尖った高い鼻梁。名を言われても、相手は動じなかった。

「矢内栄次郎か」

「やはり、私のことを調べていたのですね」

押し合いながら、栄次郎は言う。

「こんなことはいつまでも続くとは思っていなかったはずです。あなたはなんのために?」

「…………」

「あなたはやはり、すべてを破滅に追い込もうと……」

「黙れ」

松三郎は激しい力で押し返し、素早く剣を引き、大川のほうに走った。数人のひとが駆けつけて来る。さっきの職人が自身番に駆け込んだのだろう。

「待て」

栄次郎は追いかける。

船着場の手前で、松三郎が待ち構えていた。

「矢内栄次郎。また、会おう」

そう言い、松三郎は桟橋に向かって走り、船に飛び乗った。栄次郎が駆けつけたとき、船は陸を離れていた。

船が川の真ん中に出たとき、政吉が乗った猪牙舟が近付いて来た。

「矢内さま」

「よし」

栄次郎は刀を鞘に納め、猪牙舟に乗り込んだ。

「どうします？　追いつきますか」

政吉がきく。

「追いついても川の上ではどうしようもありません。行き先を見届けましょう」

栄次郎は下屋敷に帰るかどうかを確かめたかった。

松三郎を乗せた船のあとを猪牙舟でつけ、両国橋をくぐって、やがて新大橋をくぐると、小名木川に入って行った。

「あとをつけられているのを承知で、下屋敷に帰るつもりでしょうか」

政吉が不思議そうにきく。

「そうだと、思います」

高橋をくぐり、船は下屋敷の船着場についた。

松三郎は陸に上がった。すでに覆面をとり、顔をこっちに向けていた。

「矢内さま。顔を晒(さら)しています」

政吉が唖然として言う。

猪牙舟が船着場に近付くと、松三郎はようやく屋敷の裏門に消えた。

「どういうつもりなんでしょうか。何か魂胆があるのでしょうか」

政吉は戸惑い気味にきく。

やはり、そうなのだと思った。

「あの男の狙いは……」

栄次郎は言いさした。

「狙いはなんですか」

「いえ」

兄からの話を聞いてからだ。先走って決めつけてはならない。

「松三郎はこれ以上、辻斬りは働かないでしょう」

栄次郎はやりきれないように言った。

四

翌日の朝四つ（午前十時）、栄次郎は神田佐久間町の『西京堂』の離れの座敷にいた。

「長四郎さん、突然の申し入れにもかかわらず……」

「何を仰いますか。どうせ、空いている部屋です。どうぞ、ご自由にお使いください。なんなら、お稽古場をお秋さんのところからここに移されても構いませんよ」

長四郎は笑いながら言う。

兄との話は屋敷では出来ず、思いついたのが長四郎の家だった。長四郎には、母には聞かれたくない事柄なのだと話してある。

「ここなら、誰にも聞かれる心配はいりません」

そこに新八がやって来た。

「ご案内してきました」

新八の背後から兄の栄之進がやって来た。

「長四郎さん。兄です」

栄次郎は引き合わせた。

「矢内栄之進です。弟がお世話になっております」

「いえ、お世話になっているのは私のほうでして。申し遅れました。西京堂長四郎でございます。どうぞ、お上がりください」

「かたじけない」

兄が部屋に上がると、長四郎は母屋に引き上げた。

「じゃあ、あっしは」

部屋に落ち着くと、新八が挨拶をする。

「新八。遠慮はいらぬ」

兄が新八に声をかける。

「そうです。新八さんは身内も同然ですから」

「ありがとうございます。でも、向こうで長四郎さんから香のことを教わってきます。また、増村さまのお屋敷にお伺いしますので」

「そうですか。わかりました」

新八が去ってから、栄次郎は兄を見つめた。兄はいつも以上に厳しい顔をしていた。

「兄上、いかがでしたか」

「昨夜は美津どのと会い、正直に話した。美津どのはすぐ大城さまと会うことを取り計らってくれた」

兄は不機嫌そうに言う。話し合いはうまくいかなかったように思え、それ以上問い掛けることを躊躇した。

「大城さまが仰るのは松三郎どのは側室の子として世間には話してあるが、大城さまが深川の芸者に生ませた子だということだ。清三郎という名があるのに、わざと自分で松三郎と名乗っているそうだ」

「そうですか」

栄次郎は自分の想像が当たっていることを感じ取った。松三郎は自分の出生の秘密を知り、僻みから気持ちが歪んでいるのだ。

「松三郎どのがおかしくなったのは、次男の清次郎どのの養子先に比べ、自分の養子先がはるかに小禄であったため、自分は疎まれていると勝手に思い込んでしまった頃からだそうだ。養子縁組を断り、以降下屋敷に引っ込んでしまった。清次郎どのとは歳が近く、松三郎どのは自分のほうが優れていると思い込んでいたそうだ」

兄は続けた。

「わしは辻斬りの話をし、船で移動して辻斬りを働いているとお話した。大城さまは、松三郎に辻斬りの疑いがあるのかと驚愕されていた」

「大城さまは、その話を素直にお信じになられたのですね」

「信じた」

「そうですか」

やはり、大城清十郎は松三郎の歪んだ性格に懸念があったのだろう。

「それから、松三郎どのとおいくの関わりがわかった」

兄の表情は相変わらず厳しいままだ。

「今年の八月十五日、大城さまは下屋敷にて月見の宴を催し、配下の者を招いたそうだ。手伝いの者が足りずに、増村さまが女中のおいくを手伝いに出させた。そのおいくに、松三郎どのが目をつけたのだ」

「…………」

では、おいくは、と栄次郎はきこうとしたが、声が出なかった。

「その後の九月十三日の十三夜の宴も、同じように執り行なわれ、やはりおいくが手伝いに刈り出された。松三郎どのは増村さまにおいくを差し出すように命じたらしい」

「で、おいくさんは？」

「増村伊右衛門の中間とふたりで逐電したと聞いていると仰っていた」

兄はため息をつき、

「大城さまは松三郎どのの所業に業を煮やしていたようだ」

「兄上。松三郎どのは辻斬りであることを否定しようとしていません。かえって辻斬りであることを誇示しているところもあります」

「…………」

「松三郎どのは大城家に汚名を着せ、災いを招こうとしているのです。あわよくば、大城家を廃絶に追い込もうとしているのではないでしょうか」

「松三郎どのの復讐ということか」

「そうです。松三郎どのは自分だけ除け者にされてきたという歪んだ感情があるのです。松三郎どのを虐げてきた報いかもしれません」

栄次郎は身を乗り出し、

「兄上。私はこれから下屋敷に乗り込み、松三郎どのと対峙してきます。兄上は、大城さまに松三郎どのの除け者にされてきたという悲しみを訴えていただけませんか」

「わかった」

「では、私は下屋敷に行ってきます」

栄次郎は立ち上がった。


半刻（一時間）後に、栄次郎は大城清十郎の下屋敷の門前に立った。

「お頼み申します」

栄次郎は門番に声をかける。

顔を出した門番に、

「私は矢内栄次郎と申します。重大な用件にて松三郎さまにお会いしたく、お取次ぎをお願いいたします」

「重大な用件とはなんだ？」

門番はのんびりときいた。

「松三郎さまは御存じです。どうぞ、お取次ぎを」

「わかった」

門番は栄次郎を引き入れ、

「玄関にて呼びかけられよ」

と、言った。

栄次郎は玄関に向かった。だが、どこからか、中間らしい男が近付いて来て、栄次郎に声をかけた。

「矢内さま」

栄次郎は中間の顔を見て、あっと声を上げそうになった。

「そなたは船頭の……」

力こぶがあるたくましい肩で、陽に焼けた顔だ。

「はい。千吉と申します。松三郎さまから、矢内さまが必ずやって来るから通すようにと命じられています」

「では、案内していただきましょう」

「どうぞ。こちらに」

千吉は庭に出る門を抜け、泉水の脇を通った。穏やかな陽射しで、寒さは感じなかった。前方に四阿が見えてきた。

そこに武士が立っていた。松三郎だ。細身で、しなやかな体つきは駒形町で対峙した辻斬りにそっくりだ。切れ長の目に先の尖った高い鼻梁。

栄次郎が近付くと、松三郎は数歩前に出て来て、

「矢内栄次郎、よく来た」

と、声をかけた。

「私が来ると予期していたのですね」

「当然、そう思うであろう。そなたには俺に会うしか手立てはないはずだからな」

「そして、あなたさまも私を利用することで目的が達成出来る。そうでございますね」

「………………」

栄次郎の問い掛けに、松三郎は口を閉ざした。

「いかがですか」

栄次郎は畳みかける。

「なぜ、そう思う?」

「その前にお聞かせください。一連の辻斬りはあなたさまの仕業ですね」

「俺が正直に答えると思うのか」

「はい。私を利用するためには一切をお話しにならねばなりません」

「やはり、そなたは……」

松三郎は苦笑したが、すぐ真顔になり、

「辻斬りはわしがやった。最初は霊巌寺の近く。次は伊勢町堀、そして木挽町、浅草御門脇、柳島妙見近くだ」

「いつまで続けるつもりだったのですか」

「正体がばれるまでだ」

「そうでしょうね」

「うむ？　そうでしょうねとはどういう意味だ？　やはり、そなたは俺の狙いを察しているのだな」

　松三郎は口許を歪めた。

「あなたさまは、大城家をどうなさりたいのですか」

「………」

「ご子息が不祥事を起こされたのです。大城さまもただではすみますまい。あなたさまは自分を捨ててまで大城家断絶まで持っていこうとしているのですか」

「そなたには、俺の苦しみなどわかるまい。俺は、父が芸者に生ませた子だ。母を捨て、俺を引き取ったが……」

「虐げられたのですか」

「兄弟の中でも、俺は異端児だ。だから除け者にされた」

「あなたさまの僻みではありませんか」

「他の兄弟の養子先はそれなりの家格の御家だったが、わしには小禄の旗本の家だ」

「それが不満だったのですか」

「そうだ。だから、断った。それから、俺はますます疎まれた。俺は望んで、下屋敷で暮らすことにした」

「僻みではないのですか」

「僻みではない。兄弟連中も、俺を兄弟とは思っていないんだ。よそ者としか見ていない。唯一、俺にやさしかったのは妹だけだ」

「美津さまですか」

「そこまで知っているのか」

松三郎は目を瞠った。

「はい。私の兄と美津さまに縁組の話が出ています」

「そうか。美津はやさしい女だ。父上も美津を可愛がっていた。そなたの兄上によく伝えておけ。美津を妻にすればきっと仕合わせになれよう」

「最前、あなたさまは家格が低いところへの養子先にご不満をもらしておられましたが、私の兄は御家人です」

「御家人？」

「そうです。大城さまは美津どのを邪険にしていると思いますか。除け者だから、私の兄のようなところに嫁がせようとしているのでしょうか」

「…………」

「もうひとつ、お聞かせください」

栄次郎は一歩前に出て言う。

「増村伊右衛門さまのお屋敷に奉公していたおいくという女中の件です」

松三郎は眉根を寄せた。

「おいくは今、行方知れずです。ご存じではありませんか」

「知らん」

「月見の宴のとき、おいくがここに来たのではありませんか」

「…………」

「いかがですか」

「来た」

「あなたさまはおいくを自分の手元におきたいとねだったそうですね」

「…………」

「どうなんですか」

「そうだ。おいくを自分のものにしようとした」

「なぜ、他家の女中にそんな真似を？」

「気に入ったからだ」

「それもありましょうが、やはり、わざと顰蹙を買うためではありませんか」

「…………」

「おいくが今どこにいるのか、ほんとうに知らないのですか」

「中間とふたりで欠落したと聞かされている。どこにいるのか、俺が知るはずない」

「殺されて、どこかに埋められているのではないかという噂も出ていたようですが」

「そんなことは知らぬ」

松三郎はまたとぼけた。

「あなたさまは、わざと大城さまを苦境に追い込むようなことをやってきた。そして、最後の仕上げが辻斬りだったというわけですね」

栄次郎は確かめるようにきく。

「去年、俺は実の母親のことを調べた」

松三郎が話題を変えた。

「死んでいたよ。俺を産んだ二年後に何者かに殺されたらしい。下手人はわからなかったそうだ。だが、俺には想像がつく」

松三郎は厳しい顔で、

「母から俺を取り上げ、将来災いになるかもしれないと母を殺し、そして、俺を除け者にした。これは命を懸けた俺の復讐だ。大城家は滅びるべきなのだ」

「あなたさまは勝手に僻んでいるだけです。美津さまは、やさしかったのではありませんか。他のご兄弟方はすねたあなたさまとのつきあい方がわからなかったのではありませんか」

「違う」

松三郎はきっぱりと言う。

「ある時期から俺を嫌うようになったからだ。俺の実の母親が芸者だったと知ってからだ。それからは、俺は大城家の厄介者だ」

松三郎は口許を歪め、

「そなたには卑しい女の産んだ子と蔑まれた者の痛みはわかるまい」

「私も同じです」

「同じ？」

「そうです。私も身分の高いお方が旅芸人の女に産ませた子なのです。私は生まれたあと、すぐ縁あって矢内家に預けられました」

一橋家当主だった今の大御所治済が実の父親だとは言えないので、注意しながら栄次郎は自分の出生の秘密を話した。

「私は小禄の武士の子として育ちましたが、実の父に引き取られたかったと思ったことは一度足りともありません」

「…………」

「実の父の血を引いていますが、同時に私は旅芸人の女の血も受け継いでいます。そういうふたりの間に生まれたことに私は誇りを持っています」

「そなたとは同じような境遇でも、いきざまには大きな違いがある」

松三郎ははかなく笑った。

「松三郎さま」

栄次郎は訴えかける。

「どうか、あなたさまがやろうとしていることを思い止まってください」

「俺が何をやろうとしているというのだ？」

「大城家が痛手を被るような最期を迎えようとしているのではありませんか。奉行所の捕り方が包囲をしている中で辻斬りを働き、追い詰められて自刃する」

「…………」

「そうなのですね。そうすれば、大城さまが不祥事を揉み消そうと思っても出来ませんからね。でも、それをしてはいけません」

　栄次郎は激しく言う。

「あなたさまひとりのせいで大城家がだめになったとして、あなたさまはそれで満足されますか。喜んで死んでいけますか」

「これは俺の問題だ。よけいな口出しはよせ」

「美津さまを泣かすことになっても平気なのですか。大城家の奉公人を路頭に迷わすことになってもいいのですか」

「…………」

「あなたさまにとっての憎き敵は誰なのですか。父君ですか、美津さま以外の兄弟衆ですか。それより、恨みのもとは、みながあなたさまをないがしろにしたからですか」

　松三郎の苦痛に歪んだ顔を見つめながら、

「あなたには清三郎という名があるそうではありませんか。それなのに、勝手に松三郎と称し、下屋敷に移り住んだ。みな、あなたさまの身勝手な振舞いではありませんか。あなたさまのわがままからご自身を苦境に追い込んでいったのではありませんかか」

「…………」

松三郎は一文字に口を閉ざしていた。

栄次郎は少し離れた場所でさっきからずっと控えている船頭の千吉に顔を向けた。

「千吉さん。あなたは、どうして松三郎さまの辻斬りに手を貸したのですか」

「松三郎さまには恩義があります」

「恩義とは？」

「五年前、賭場でいかさまをして簀巻き（すま）にされて川に投げ込まれようとしたところをたまたま通り掛かった松三郎さまに助けていただいたのです。その上、病気の母親のために朝鮮人参を手に入れてくれました。もうだめだと言われていた母親はそれから三年生き延びました。おかげで三年間、親孝行の真似が出来ました。母親が死に際に、松三郎さまに恩返しをと言い残したのです」

「それから、松三郎さまに仕えているのですか」

「はい」

「しかし、いくら恩人とはいえ、辻斬りの手助けをなぜしたのですか。恩人であればこそ、本人を破滅に追い込むような真似をさせてはならなかったのではないですか。

むしろ、お諫めをし、引き止めるべきだったのではないですか」

「千吉はただ俺に忠実だっただけだ」

松三郎が口をはさんだ。

「なんでも言うことを聞くというのが忠義ではありません。辻斬りがいつまでも続けられるとはさすがに思ってはいなかったでしょう？」

「松三郎さまに同情したんです」

「同情の結果が松三郎さまを破滅させ、大城家を窮地に追いやることになるとわかっていたのですか」

「…………」

千吉は唇を噛みしめていたが、ふいに厳しい顔を向けた。

「私には松三郎さまの暴走をお止めすることは出来ませんでした。その一切の責任は私にあります」

「悪行だという思いはあったのですね。だとしたら、あなたの思い描いていた結末は？」

「矢内栄次郎、千吉は俺の命令に逆らえず、手伝っただけだ。千吉に罪はない」

松三郎は痛ましげに言う。

「いえ、私も同罪です」

千吉ははっきり言った。

そのとき、家来が小走りにやって来た。

「殿がいらっしゃいました。向こうでお待ちでございます」

「殿さまが？」

大城清十郎が駆けつけて来たのは兄の勧めによってであろうか。

「すぐ行く」

松三郎は答え、栄次郎に顔を向けた。

「どうやら最期の時が来たようだ」

「松三郎さま、どうか悔いを残さぬように」

栄次郎は訴える。

「私も」

千吉が松三郎にすがりつくように言う。

「いや、そなたはいい」

「松三郎さま、ぜひ、私をごいっしょに」

「千吉、心配するな」

「松三郎さま」

千吉が嗚咽を漏らした。

松三郎は母屋に向かった。

「千吉さん」

松三郎の後ろ姿を目で追いながら、栄次郎は千吉にきいた。

「千吉さん、松三郎さまは大城さまに汚名を着せるつもりなのですか。それとも、大城家そのものを潰したいのでしょうか」

「矢内さまの仰るように、松三郎さまは僻みから性格が歪んでしまわれたのです。何につけても自分は疎まれていると思ってしまったのです」

千吉はやりきれないように、

「なんとか松三郎さまの歪んだ性格をお直ししたいと思いましたが、それもだめでした。矢内さま」

千吉は厳しい表情で、

「松三郎さまはどうなりましょう？」

「辻斬りで五人を殺しています。よくて、切腹でしょう」

「なんとか助けることは出来ませんか」

「助ける?」

「はい。どんな形であれ、生きていただきたいのです」

「さっきも言いましたが、五人殺しています。残念ながら、死をもって償うしかありません。そうしないと、大城さまに非難が集まりましょう。それでなくとも、子息を辻斬りに走らせた大城さまの責任は免れないですから」

「辻斬りは私なんです」

「何を仰っているのですか」

「お願いです。どうか、私を辻斬りとして処罰し、松三郎さまを助けていただけませんか。松三郎さまはほんとうはやさしいお方なんです。ただ、気が弱いだけで……」

「千吉さん。やさしいひとがなぜ平然と五人もの命を奪うことが出来たのですか。殺された五人には家族もいたんです。子どもだっていたそうです。罪は重いと言わねばなりません」

「でも、松三郎さまが辻斬りでは大城さまの責任、それから松三郎さまのご兄弟にも累(るい)が及びましょう」

「だからと言って……」

「矢内さま。松三郎さまは今になってやっと自分のやったことを悔いているのです。

駒形町で矢内さまと対峙をして逃げ帰ったあと、松三郎さまの様子に大きな変化が見られました。大城家への復讐を思いどおりに果たせる。そういう事態になったとき、松三郎さまは自分のしたことの愚かさに気づいたのです。いえ、はじめから死は覚悟していました。ですが、松三郎さまに胸の張り裂けそうな悔いを残したまま死んでいってもらいたくないのです。死が免れないとしても、大城家に被害が及ばないように……」

「松三郎さまがご自分で蒔いた種ではありませんか」

「それはそうですが……」

千吉はほとばしる声で、

「矢内さま。お願いです。私を辻斬りの張本人とすることで大城家への直接の影響は小さくなるのではありませんか」

と、訴える。

「あなたはすべての汚名を着てまで……」

「私には身内もいません。ですが、松三郎さまには家族があります。お願いです。大城家を潰したという後悔の念を味わわせたくないのです。矢内さま」

千吉は栄次郎の前で土下座をしていた。

「あなたの覚悟は揺るぎないのですね」

「はい。母の最期の言葉、恩を返すときが来たと思っています」

心の中での激しい葛藤の末に、栄次郎は深いため息をついた。

「あなたはそれでよいのですか」

栄次郎は確かめる。

「はい。このまま死罪の裁きを受けて死ぬより、大城家を助け、松三郎さまを助けて死んでいけるなら本望です」

「千吉さん」

栄次郎は千吉の覚悟を知った。

「わかりました。あなたの思いを私はしっかと受け止めます」

「矢内さまにあとのことを託せれば、私も安心です」

「最後にひとつ、お聞かせください」

栄次郎は思いついて言う。

「増村さまのお屋敷に奉公していたおいくという女中の件です。松三郎さまはおいくに執心していたそうですね」

「はい」

「中間と失踪したと聞かされたはずですが、松三郎さまは信じなかったのでは？」

「ええ、私も実家までさがしに行きました。おいくさんが松三郎さまのおそばに仕えてくれたら、松三郎さまのお心も慰められると思ったのですが」

「そのことも、松三郎さまが自暴自棄になられた一因でもあるのでしょうね」

「そうかもしれません」

「わかりました。私はこれから大城清十郎さまにお会いしてきます」

栄次郎は千吉とともに母屋に向かった。そして、途中で千吉と別れたが、千吉はにっこり笑って頭を下げて、玄関に入るまで栄次郎を見送った。その千吉の笑みがずっと脳裏から離れなかった。

五

矢内栄之進の弟だと名乗り、栄次郎は大城清十郎に会うことが出来た。

通された部屋に松三郎の姿はなく、床の間の前に、五十過ぎと思える恰幅のよい武士が厳しくも暗い顔で待っていた。

「矢内栄次郎と申します。突然のお目通りを許していただき、ありがとうございます」

栄次郎は平伏して言う。

「そなたが栄次郎どのか。岩井どのから聞いている」

「岩井さまから」

やはり、兄と美津どのの縁組の話は岩井文兵衛が仲立ちをしていたのだ。

亡くなった矢内の父が一橋家二代目の治済の近習番を務めていたとき、一橋家の用人をしていたのが文兵衛だった。したがって、文兵衛は栄次郎の出生の秘密を知っている。

「もちろん、そなたの兄の栄之進どのからもな。松三郎のことではそなたに迷惑をかけたそうだの」

「いえ、迷惑など」

栄次郎は頭を下げた。

「松三郎のことはわしの責任だ。まさか、辻斬りを働いていたなど、想像さえしなかった。松三郎をここまで追い込んでしまったのはわしの過ちだ。そなたが、突き止めてくれなんだら、まだ松三郎はひと殺しを……」

大城清十郎は苦しそうに顔を歪めた。

「松三郎を手討ちにし、わしはお役御免を願い、隠居いたすことにした。御家に対して、どの程度の制裁があるかわからぬが、これも定めだ。どのような形であれ、大城家の存続だけが叶えば……」

「殿さま」

栄次郎は少し膝を進め、

「松三郎さまからどんなお話をお聞きになったかわかりませんが、辻斬りの張本人は奉公人の千吉という者にございます」

「どういうことだ？」

大城清十郎の目が鈍く光った。

「はい。この千吉は松三郎さまの歪んだ心に乗じて、松三郎さまを煽り、辻斬りの現場に連れて行ったのです。そこで、実際に辻斬りを働いたのは千吉だそうです」

「………」

「殿さま。辻斬りは千吉ですが、現場に居合わせながらひと殺しを止めようとしなかった松三郎さまの責任も免れません。しかしながら、辻斬りを働いたのは千吉でございます」

「栄次郎どの。すでに松三郎は辻斬りを打ち明けておるのだ」

「いえ、松三郎さまは御家に打撃を与えたいがためにわざとそう言っているのです。松三郎さまは僻みから気性が歪んでそのような大それた考えを持つにいたったのです。もし、ご不審があれば、どうか千吉をお取り調べください」

「その前に、もう一度、松三郎から話を聞く」

そう言い、大城清十郎は手を叩いた。

襖を少し開け、侍が顔を出した。

「松三郎をもう一度ここへ」

「はっ」

襖を閉め、侍が立ち去った。

しばらくして、松三郎がやって来た。顔面から生気が消えていて、別人かと思えるほどだった。

松三郎はそこに栄次郎を見て、不審そうな顔をした。

「松三郎。最前、わしに打ち明けたこと、間違いないか」

「はい。ございません」

松三郎は苦しそうに顔を歪めた。

「辻斬りはそなたなのだな」

「はい」

「栄次郎どの」

　大城清十郎は栄次郎に顔を向け、

「そなたの話とだいぶ違うが？」

「松三郎さまの真意がどこにあるのかわかりませんが、すべて作り話だと思います」

「作り話？　松三郎が嘘をついていると申すのか」

「はい。思うに、いまだ御家に災いを振りまこうとしているのか、あるいは千吉さんを助けようとしているのか」

「待ってください。いったい、なんの話ですか」

　松三郎が口を入れた。

「松三郎さま。辻斬りは千吉さんです。先ほど、私に打ち明けてくれました」

「何を言っている。辻斬りは私だ。千吉は私を船で運んでくれただけだ」

「いえ、千吉さんははっきり自分がやったと言っています。気持ちが塞ぎ込んでいる松三郎さまの気晴らしになるように辻斬りの現場までお連れ申したと」

「ばかな」

「松三郎さま。あなたさまがどんな思いで辻斬りの罪をかぶろうとしているのかわかりませんが、あなたさまの仕業では御家に傷がつきます。そのことは本意ではありますまい。千吉さんは、あなたさまが御家に災いを与えたことを悔やみながら死んで行くことを憂えておられました」

「千吉が……」

松三郎は啞然とした。

「松三郎さまを、千吉さんはそばでずっと支えてきたのです。どうか、千吉さんの思いを汲んであげてください」

「ばかな。いくら千吉が私を庇(かば)おうが、事実は変わらない」

「私は辻斬りと対峙しています。千吉さんに間違いないと思いました」

「…………」

「奉公人の罪は雇主に責任がありましょうが、大城家の屋台骨を揺るがすものではありません」

そのとき、廊下を走って来る足音がした。部屋の前で立ち止まり、

「失礼いたします」

と、さっきの侍が顔を出し、

「中間の千吉が庭にて喉を掻き切り、果てました」

「なに、千吉が」

松三郎は思わず立ち上がっていた。


ふつか後の夜、栄次郎は本郷の屋敷に帰ると、兄に呼ばれて部屋に赴いた。

「栄次郎、いろいろご苦労であった」

兄は栄次郎の労をねぎらった。

「大城さまからも、そなたによしなにとのことであった」

「で、ことはどのように？」

「一連の辻斬りは千吉の仕業ということで落着した。松三郎さまは辻斬りの件には関わりないが、奉公人の不祥事を見過ごした責任は大きいということである程度の責任は免れまい。また、大城さまも隠居し、清一郎どのに家督を譲るとのこと」

奉行所のほうも、栄次郎の証言により、千吉を辻斬りとして事件の終結とした。

「大城家には影響は？」

栄次郎は気になっていることをきいた。

「大城さまが隠居するだけだ」

「そうでございましたか」

栄次郎はほっとした。これで、千吉も喜んでいるであろう。

「松三郎さまの沙汰はどうなりましょうか」

五人を殺し、さらに千吉までも犠牲にした松三郎の罪は大きい。なんの裁きを受けずにいるのは問題だ。

「大城さまのお考えは決まっているようだ。出家させ、辻斬りの五人と千吉の菩提を弔わせるそうだ」

「そうですか」

「それから、奉公人にせよ、大城家の者の仕業には違いないので大城さまは殺された五人の残された家族にそれ相応の詫びをするそうだ」

「そうですか」

「栄次郎、それより、おいくの件だ」

「それはもはや心配ないかと思います」

栄次郎は自信を持って言った。

「どういうことだ？」

「兄上。どうか、増村伊右衛門さまにお会いしに行っていただけませんか。そして、大城松三郎さまが出家をなさることをお話しください」

「すると、おいくは?」

「はい。中間の三太郎といっしょに逐電したというのは、おいくさんを松三郎さまから逃すための、増村さまが考えた口実だと思います。もはや、これ以上、おいくさんを隠しておく必要はありません」

「では、おいくはどこに?」

「奥方さまのご実家ではありますまいか。誰にも知られずに過ごせるとしたら、そこしかありません」

行脚僧を使って父親庄蔵においくの無事を伝えたのは、増村伊右衛門の意向であろう。おいくを隠していることを松三郎に知られないためにはおいくの実家にもほんとうのことは言えなかった。だから、あのような形で遠回しに無事でいることを知らせようとしたのであろう。

「おいくさんを隠したことで、松三郎さまから恨まれることはないとわかれば、増村さまもほんとうのことを話してくださると思います」

「よし。明日の朝、増村さまのお屋敷に行こう」

兄は請け合った。

翌日の昼過ぎ、栄次郎は北森下町の下駄屋の庄蔵に会いに行った。

「これは矢内さま」

庄蔵が店から飛び出して来た。

「娘から知らせがありました。これからお屋敷まで会いに行くところです」

「そうですか。よかった。それで、安心しました」

栄次郎は庄蔵のうれしそうな顔を見て、安心して帰途についた。

両国橋を渡り、栄次郎は神田佐久間町の『西京堂』に行った。

長四郎は店先にいた。

「栄次郎さん」

長四郎が近付いて来て、

「久しぶりです。今、黒船町までお会いしに行こうとしていたところです」

「そうでしたか。じつは」

と、栄次郎はさっそく切り出した。

「例のおいくさんの件ですが、おいくさんが無事に見つかりました」

「ほんとうですか」

「父親の庄蔵さんにおいくさんから知らせがあったそうです。そういうわけで、新八さんを使っていただきましたが、もう必要なくなりました。勝手なお願いをしておきながら……」

「とんでもない。でも、よございました」

「また、改めてお礼にあがります」

「お礼だなんて水臭いじゃありませんか」

長四郎は人懐こそうな笑みを浮かべ、

「それより、ぜひうちで酒を酌み交わしましょう。家内も望んでおりますゆえ」

「わかりました。では、近々」

栄次郎は引き止める長四郎に別れを告げ、浅草黒船町に向かった。


黒船町のお秋の家に行くと、政吉が待っていた。

「すみません。待たせていただきました」

上がり口に腰を下ろしていた政吉が立ち上がって言う。

「いえ。さあ、上がってください」

政吉が座っていた場所に湯呑みが出ていたので、お秋が政吉を引き止めていたのだと思った。

「失礼します」

政吉と共に二階の部屋に上がる。

部屋の真ん中で差向いになって、すぐに政吉が口を開いた。

「辻斬りの件は無事に解決しました。ありがとうございました。うちの旦那からも礼を言っておいてくれと仰せつかってきました」

「いえ、私だけの力じゃありません」

「いえ。矢内さまのお働きがあってのことです」

政吉は強調してから、

「ただ、あっしはどうしても腑に落ちないことがあるのです」

と、首をひねった。

「辻斬りが千吉だったたってことですね」

「そうです。駒形堂の船着場に待っていた船の船頭は千吉。矢内さまに追われて船に飛び乗った覆面の侍は大城松三郎でした」

「こう考えたらどうでしょう」

栄次郎はわざと笑みを湛えながら、

「あの夜、千吉と松三郎は町方の目を逃れて竪川から船で駒形に向かった。ところが、私たちの尾行に気づき、とっさに役割を変えた」

「………」

「つまり、つけられていることを察して、私たちを欺こうと千吉は船に残り、松三郎が陸に上がった。松三郎はただ町をぶらついて船に戻るつもりだった。ところが、途中出会った男が覆面の侍を見て、辻斬りだと勘違いして騒いだ。その悲鳴を聞いて、私も駆けつけ、松三郎と対峙した。松三郎は闘うつもりはないので、そのまま逃げ出した……」

　栄次郎はこじつけて説明をした。

「でも、それまでの辻斬りは、千吉の仕業だとしたら説明がつきませんよ。それに、そのときまで矢内さまも辻斬りは松三郎だと思っていたんじゃないですか」

「それはそうなのですが……」

「まあ、いいでしょう。なんか釈然としないんですが、矢内さまがそう仰るんですから、あっしも納得することにします」

「親分、すみません」

　栄次郎は頭を下げた。

「それより、まだ肝心なことが解決してねえんです。作次さんの件です。辻斬りの騒ぎに取り紛れ、疎かになっていました」

政吉は無念そうに言う。

「私だって忘れていません」

栄次郎は呻くように言い、

「親分。私はどうも、作次さんを斬った浪人は神田明神から湯島天神界隈に住んでいるように思えてならないのです。痩身の面長で、鼻が高く、やや、猫背ぎみの浪人。この特徴の浪人の聞込みをしていただけませんか」

「わかりました。なんとか、今年のうちに仇を取ってやりたいんです」

「これからは、それだけに専心出来ます。必ず、下手人を見つけます」

栄次郎は改めて深く心に期した。

第四章　友情

一

翌朝、栄次郎は明神下の新八の長屋を訪れた。

上がり口に腰を下ろし、栄次郎は新八に言った。

「おいくさんが無事に見つかったそうです。新八さんにもご苦労をおかけしました」

「あっしはなんのお役にも立てませんでしたが、無事でなによりでした」

「奥方の実家のほうで女中奉公していたそうです」

昨夜、帰って来た兄から聞いたことによると、やはり、増村伊右衛門は松三郎からおいくを守るためには、中間との欠落を口実にしなければならなかったと打ち明けたという。中間の三太郎もいっしょに奥方の実家のほうに移ったが、ふたりは特に恋仲というわけではなかったらしい。

「それにしても、一言無事だと実家にでも話しておいてくれたらよかったんですがねえ」

新八が苦笑し、

「それをすると、松三郎さまのほうに気づかれてしまうと思ったのでしょうが、おかげで殺されて庭に埋められているという無責任な噂も生まれてしまいましたからね」

「その間のおいくさんのふた親の心労を考えたら、あまりよい策とは言えませんでしたね。でも、増村さまからしたらお頭の大城さまのご子息に目をつけられたというのはたいへんな重圧だったのでしょう」

「でも、よござました」

新八は笑った。

「あとは元岡っ引きの作次さんを殺した下手人を捕まえなければなりません。私は作次さんを斬った浪人はこの界隈に住んでいると睨んでいるのです。今、政吉親分がこの界隈を探しています」

「そうですか。あっしも心掛けておきます。西京堂さんにお話は？」

「これまでにもいろいろ頼みごとをしていますし、この上、またお願いをするのも心苦しいのですが……」

「でも、西京堂さんは客商売で顔は広いでしょうし、心強いんじゃありませんか。それに、頼まなければ、かえって水臭いとあとでこぼされるんじゃありませんか。なにしろ、あの方は栄次郎さんに心酔しているようですから」

「そうですね」

栄次郎は新八の言うとおりだと思った。

「わかりました。これから、行ってみます」

「そのほうがいいですぜ。あっしもいろいろお世話になった礼を言いたいのでごいっしょします」

新八はそう言って立ち上がった。


明神下から神田佐久間町に向かう途中で、政吉とその手下に会った。

「矢内さま」

政吉は近寄って来た。

「何町かの自身番や木戸番にきいたのですが、まだ反応はありません」

「はじめたばかりですからね」

栄次郎はなぐさめる。

「見つけたら、すぐ矢内さまにお知らせします」

「わかりました」

「じゃあ」

政吉と手下は去って行こうとした。

「あっ、親分」

栄次郎は思いついて呼び止めた。

「なんでしょう」

「作次さんの下で働いていた亀三さんから三年前の押込みの話を聞いてみたいんです。芝までつきあっていただけたらと思うのですが」

「いつでも構いませんぜ」

「では、明日か明後日かに」

「わかりやした。じゃあ、あとで黒船町の家にお伺いして予定を決めさせていただきます」

政吉と別れたあと、新八が口を開いた。

「芝宇田川町の線香問屋に押込みが入り、一千両が盗まれたってことでしたね」

「ええ、作次さんはその手掛かりを摑んだんじゃないでしょうか」

「押込み一味にやられたってことですね」

「そうです。一味の者らしい男を見つけて調べていて相手に気づかれて殺されたんじゃないかと」

栄次郎はそう言ったが、

「ただ、そうだとすると、作次さんはどうしてその男が押込み一味と思ったのでしょう。目星をつけていた男だったからでしょうか。でも、目星をつけていた男を見つけたなら、亀三さんにもすぐ話すんじゃないかと思うんです。それをしなかったのは、確信がなかったからでしょう。確信がない相手に連日、作次さんは何をしていたのか。ともかく、押込みの探索がどうだったのか」

「そうですね。作次さんと同じ立場で考えないとわからないですね」

新八は応じた。

神田佐久間町の『西京堂』にやって来た。

「これは矢内さま」

番頭が挨拶をし、

「どうぞ、お入りください」

と、奥に案内しようとする。

「長四郎さんの都合を確かめずともよいのですか」

栄次郎が気にする。

「矢内さまなら、いつでもお通しするように仰せつかっていますので」

番頭はあっさり答える。

客間に通されると、長四郎がすぐやって来た。

「いらっしゃい」

長四郎は栄次郎と新八を交互に見て言う。

「ふたりで押しかけて申し訳ありません」

栄次郎は口を開き、

「まず、新八さんがお世話になったお礼を申し上げます」

「西京堂さん。ほんとうによくしていただき、ありがとうございました」

新八が礼を言う。

「いえ。たいしたことをしたわけではありません」

長四郎は微笑んで言う。

「いえ、そんなはずはありません。ご負担だったはず」

栄次郎は言う。

「栄次郎さん、そんな水臭いことは言いっこなしです」

「そうですね」

思わず、栄次郎と新八は顔を見合わせた。

「何か」

長四郎は訝しげな顔をした。

「いえ、その水臭いという言葉に甘えて、また長四郎さんにお願いがあるのですが」

「なんなりと仰ってください」

長四郎は栄次郎に頼まれることがうれしいように膝を進めた。

「例の辻斬り、いえ、もうひとつの」

「ああ、私と栄次郎さんが出会うきっかけになった辻斬りですね」

長四郎は顔をしかめて言う。

「ええ。斬った浪人は、痩身の面長で、鼻が高い、やや、猫背ぎみでした。その浪人は神田明神から湯島天神を中心とした辺りに住んでいるのではないかと思っているのです。今、政吉親分がその界隈を探し回っていますが、長四郎さんも商売がら得意先に出かけることも多いでしょうから心に止めておいていただけたらと」

「わかりました。外出したときには、その特徴の浪人を探してみます。私は顔は見ていませんが、逃げて行く後ろ姿は見ています」

「もし、見つけても、決して無茶な真似はしないように。どの辺りにいたかだけでも、大きな手掛かりになりますから」

「わかりました。私の知り合いにも声をかけておきます」

長四郎は真顔になって答えた。


その日の昼過ぎから栄次郎はお秋の家で三味線の稽古をしていた。いつの間にか、部屋の中が暗くなって、お秋が行灯に灯を入れにきた。

その間も、栄次郎は三味線を弾いていたが、行灯に明かりを灯して梯子段を下りて行ったお秋が、すぐ上がってきた。

襖を開け、

「栄次郎さん、政吉親分がいらっしゃいました」

と、お秋が声をかけた。

「上がってもらってください」

「それがお連れさんが？」

「連れ？」

「男の方です」

「わかりました。下に行きます」

栄次郎は三味線を片づけ、階下に行った。

土間に、政吉と三十半ばぐらいの小肥りの男が立っていた。

「矢内さま。芝の亀三親分ですか」

「亀三親分ですか」

「亀三です」

亀三は挨拶したあと、

「作次とっつあんが殺された件で、政吉さんに様子を伺いに来ましたところ、矢内さまのお話をお聞きしました」

「そうですか。ちょうどよかった。さあ、どうぞ、お上がりください」

栄次郎はふたりを二階に誘った。

二階の部屋で向かい合って、改めての挨拶ののち、栄次郎から切り出した。

「作次さんは毎晩、どこかに出かけていました。作次さんにとって気になる人物を見つけたからではないでしょうか。娘さんにも黙っていたのは、危険な真似なので心配かけまいとしたからではないでしょうか」

　栄次郎は続ける。

「作次さんが毎晩、出歩いていたのは、作次さんが携わっていて唯一解決出来なかった芝宇田川町の押込み絡みではないか。それしか、他に考えられません」

「はい」

　亀三も頷く。

「そこで、宇田川町の押込みについて、どこまで捜索が進んでいたのか、詳しい話をお聞きしたいと思ったのです」

「わかりやした。お話ししやす」

　亀三は語りだした。

「三年前の十二月二十七日、芝宇田川町の線香問屋に押込みが入りました。賊は三人で、主人と番頭のふたりを匕首で殺し、鍵を奪って土蔵から一千両を盗んで逃げました。三人のうち、ひとりだけ奉公人に姿を見られていたのです」

「どんな男ですか」

「大柄な男だったそうです、太い腕と盛り上がった肩をしていたということです。残念ながら、頬被りをしていたので、顔は見ていません」

「他のふたりは？」

「見た者はいません」

「そうですか」

「それで、作次とっつあんとあっしは太い腕と盛り上がった肩をした大柄な男を探しました。河岸の荷役や土木現場で働く男などを探して行くうちに、押込みからひと月後に、露月町の裏長屋に住んでいる軍次と又助という駕籠かきに行き着きました」

「軍次と又助ですか」

「ふたりとも二十八歳。駕籠かきだけあって、大柄で太い腕と盛り上がった肩をしていました。もっとも力仕事をしている男はみな太い腕と盛り上がった肩をしていました。このふたりに博打の借金がありましたが、その借金を返していたことがわかりました。それから、何度か線香問屋の主人を駕籠に乗せたこともあるのです。作次とっつあんとあっしは押込み犯に間違いないと思い、同心の旦那とふたりを自身番に連れて行き、取り調べをはじめたら、借金を返したのは押込みの前で、押込みがあった夜には長屋の近くで小火騒ぎがあって、軍次と又助が消火にあたっていたことがわかったのです」

「どうしてわかったのですか」

「長屋の住人がふたりが消火を手伝ってくれたと話していました。又助は大家の家に駆け込んで来て、荷物の運び出しを手伝ってくれたそうです。それで、ふたりの疑いを解かざるをえませんでした」

亀三は悔しそうに、

「ふたりに絞っていたので、いざ疑いが晴れたあと、もう押込み犯は霧の中という感じで、まったく手掛かりを摑めないまま、作次とっつあんは岡っ引きを引退していきました」

「そうでしたか」

栄次郎は小首を傾げ、

「すると、作次さんは誰を見かけたのでしょうか」

「さあ、それがとんとわからないのです。仮に、軍次と又助だとしても、もう疑いはないはずですし」

「軍次と又助は長屋を引っ越しているんですか」

「作次とっつあんが岡っ引きを隠居するまで、前と同じ長屋に住んでました。その後、ふたりはもう体がきついからと言って駕籠かきをやめてどこかに引っ越していきました」

亀三は答えて、

「矢内さま。作次とっつあんはほんとうに押込み絡みで殺されたんでしょうか。そうだとしたら、ひとりで行動するとは思えないんです。必ず、あっしに知らせてくるはずです」

「そうですね。押込み以外、作次さんが胸に抱えていたものはありませんか」

「いえ、なかったはずですが。でも、こうなってみると、何かあったんでしょうか。作次とっつあんのことはなんでも知っているつもりでしたが……」

亀三は口惜しそうに言った。

「作次さんを斬った浪人は、痩身の面長で、鼻が高い、やや、猫背ぎみでした。こんな特徴の浪人に心当たりは？」

「いえ、ありません」

「矢内さま」

政吉が口をはさんだ。

「作次さんはまったく別のことが原因で殺されたんじゃないですかねえ」

「そうですね。でも、私は岡っ引き時代のことではないかという思いが消えないんです。作次さんは、毎晩のように外出していたそうですね。それだけの情熱を示せるのは岡っ引き時代の思いがあるからではないかと」

「確かに、そうかもしれません」

亀三は頷き、

「作次とっつあんは根っからの岡っ引きでした。若い頃はかなり悪さをしたようですが、お上の御用を預かってからというもの、町の衆のために働いてきたんです。あっしはそんな作次とっつあんを尊敬してました。作次とっつあんにとって押込みを解決出来なかったことは胸を掻きむしるほどの無念だったと思います。そういう意味からすれば、作次とっつあんが命を懸けてまでもやらねばならなかったのは押込みの件しかなかったかもしれませんね」

「亀三さん、お願いがあるのですが」

栄次郎は切り出す。

「なんでしょう」

「軍次と又助が露月町から引っ越して、今どこにいるのか、調べていただけませんか」

「でも、このふたりは押込みとは関係ないとはっきりしているんですぜ」

「そこに何か見落としはありませんか」

「見落とし？」

「あるいは、錯覚です」

「…………」

「矢内さま、何か気になることが？」

政吉がきいた。

「長屋の小火です」

「小火……」

「出火の原因はわかったのでしょうか」

「いえ、わからずじまいだったはずです」

「なぜ、深夜に小火が出たのか。そして、どうして大事に至らなかったのか。そのあたりも調べていただけませんか」

「…………」

亀三は啞然としたように口を半開きにした。

「どうかしましたか」

「思い出しました。あのとき、作次とっつあんも小火のことを気にしていました。それで、長屋の住人にいろいろききまわっていました」

「そうですか」

「やはり、軍次と又助を見かけたのでしょうか」

「ええ。もしふたりがいい暮らしをしているとしたら、作次さんは疑いを持つんじゃありませんか」

栄次郎はそのとき、はっと気づいた。

「作次さんは湯島天神裏門坂下で殺されていたんです。つまり、あの界隈で軍次と又助を見かけたのかもしれません。ふたりは神田明神境内か湯島天神門前町にある料理屋か遊女屋か、金がなければ入れそうにないところに出入りをしているのを見かけたのかもしれません」

「そうですね。それなら、ふたりに不審を持ちます」

亀三は昂ったように言う。

「政吉親分」

栄次郎は声をかける。

「あの界隈の料理屋などにふたりが出入りをしていないか、調べていただけませんか」

「わかりました。あの近辺には料理屋だけでなく、比丘尼宿などのように女と遊べる曖昧宿(あいまいやど)があります。さっそく当たってみます」

　政吉は応じて、

「そうだとすると、このふたりも浪人と同じようにあの界隈に住んでいるのかもしれませんね。だから、浪人と軍次たちは結びついたんじゃないでしょうか」

「そういう考えが出来ますね」

　栄次郎もそうかもしれないと思った。

「浪人の探索に、ふたりを加えます」

　政吉の言葉を引き取り、

「あっしもさっそく露月町の長屋を当たってみます」

　と、亀三も意気込みを見せた。

「年内には必ず下手人を見つけ出しましょう」

　栄次郎は励ますように言った。

二

　翌日の昼過ぎ、栄次郎は湯島天神境内で、政吉と会った。

「いかがでしたか」

「料理屋と曖昧宿を聞き込んでみましたが、軍次と又助のようなむくつけき男は客にいないそうです。嘘をついているようには思えません」

「そうですか」

「昼過ぎから池之端仲町のほうの聞き込みは手下に任せ、あっしは芝まで行ってきます。軍次と又助がどこへ引越ししたか、亀三さんの調べを早く知りたいんです。ほんとうにふたりがこの界隈にいるかどうか……」

軍次と又助がこの界隈に住んでいるかどうか、政吉は自信をなくしたのかもしれない。

「夕方、黒船町の家にお寄りします」

「お願いします」

政吉と別れ、男坂を下って行くと、新八と長四郎が明神下へと向かう道から現れた。

「栄次郎さん。よかった」

新八が駆け寄った。

「何かあったんですか」

栄次郎は新八と長四郎の顔を交互に見た。

「栄次郎さん、浪人のことをあちこちできいていたら、妻恋町にそんな特徴の浪人が住んでいると小耳にはさんだのです」

「ほんとうですか」

「ええ。私がひとりで確かめようかとも思ったのですが、危ない真似はやめるようにという栄次郎さんの言葉を思い出し、新八さんに相談したら栄次郎さんに知らせましょうと言うので」

「そうでしたか。さっそく、行ってみます」

「ご案内します」

長四郎は案内に立った。

もう一度男坂を上がって境内を突き抜け、門前町から妻恋坂に向かった。

「それにしても、よく見つかりましたね」

「ええ。小間物の行商をやっている男がたまたま私と知り合いの話に口をはさんできたのです。そんな浪人を知っていると」

急いで歩きながら、長四郎が答える。

妻恋坂の途中に出てさらに坂を上がって行くと、妻恋町だ。長四郎は町並みを眺めながら、やがてとある長屋木戸の前で立ち止まった。

「ここですね」

長四郎が言う。

「入りましょう」

栄次郎は木戸を入った。

井戸端で野菜を洗っていた赤子を背負った女に、長四郎が声をかける。

「あいすみません。こちらに、ご浪人さんがお住まいと聞いてやって来たんですが……」

「金子(かねこ)さんのことかしら」

女は手を休めずに答える。

「金子さんというと、痩せていて面長の？」

「ええ、そう」

「少し猫背？」

「そうよ」

「その金子さんのお住まいはどちらでしょうか」

「もういませんよ」

女は立ち上がって顔を向けた。

「いない？」

新八がきき返す。

「ええ。もう十日も前に引っ越していきましたよ」

「引っ越した？　どこへ引っ越したかわかりませんか」

再び、長四郎が口を入れた。

「本所だ」

いきなり、横合いから声がかかった。

縁台に座って日向ぼっこをしていた年寄りだ。ちんまりした顔に、小さな目と鼻。口の周囲には無精髭。

長四郎が年寄りの傍に行き、

「本所のどこですかえ」

「どこだったかな。聞いたが忘れた」

年寄りは顎を撫でながら言う。

「なんとか思い出していただけませんか」

長四郎は財布を取り出し、銭を年寄りに握らせた。

「どうです、思い出しましたか」

「思い出した。入江町だ。入江町の日陰長屋だと言っていた」

「日陰長屋？」

「一日中、陽が射さないいんじゃねえのか」

「わかりました。入江町の日陰長屋ですね」

長四郎は確かめてから栄次郎に顔を向けた。

「金子さんはどんなひとでしたか」

栄次郎は年寄りに確かめる。

「必要なこと以外、喋らなかったな。いつも、むすっとした顔をしていた」

「ひとり暮らしですか」

「ときたま、誰かが訪ねて来たようだ」

「お侍ですか」

「いや、侍じゃねえ。遊び人ふうの男だった」

その男の人相をきいたが、覚えていなかった。

「金子さんはいつからこの長屋に」

「半年前かな」

「わかりました」

栄次郎は年寄りに礼を言って、木戸に向かった。

「栄次郎さん、どうします？」

新八がきいた。

「私はこれから入江町に行ってみます。新八さんは政吉親分に今の長屋のことを話し、大家から金子という浪人のことを詳しく聞き出すように頼んでくれますか」

「わかりました」

「栄次郎さん、私は何をしましょうか」

長四郎がその気になっている。

「長四郎さんはご商売があるのです。ここまでやっていただいただけで十分です。あなたのおかげで浪人の名もわかったのですから」

「いえ、まだお手伝いさせてください」

長四郎は不満そうに言う。

「また、お手伝いしていただくときにはお頼みいたします」

「そうですか。わかりました。でも、ほんとうになんでもやりますから」

「ありがとうございます」

栄次郎が礼を言うと、長四郎はやっと笑みを浮かべた。

それから、半刻（一時間）余り後、栄次郎は本所入江町にやって来た。

日陰長屋はちゃんとあった。だが、路地に入って、長屋の住人に訊ねたが、金子という浪人はいなかった。

最後に大家に会ったが、金子どころか、浪人は住んでいないし、住人の移動はここ三年まったくないということだった。

栄次郎は念のために他の長屋にも行ってみたが、目指す浪人はいなかった。さっきの年寄りが嘘をついたのではなく、浪人が嘘を教えたのだろう。

栄次郎は諦めて竪川沿いを引き上げたが、ふと思いついて北森下町の下駄屋に庄蔵を訪ねた。

店番をしていた庄蔵は見違えるような明るい顔で、

「矢内さま」

と、出て来た。

「おいくさんとお会い出来たのですか」

栄次郎は確かめる。

「はい、おいくも元気でおりました」

「そうですか」

「どうぞ、お上がりください。みな、矢内さまにお礼を申し上げたいと思っているのです」

「私は何も……」

「いえ、栄之進さまと栄次郎さまがお骨折りをしてくださったと増村の殿さまが仰っておいででした」

「増村さまこそ、おいくさんを守ってくださったんです」

「はい、最初はお疑いして申し訳ないことをしたと思っています」

そこにおいくの兄が帰って来た。

「矢内さま。このたびはお世話になりました」

兄は何度も頭をさげる。

「おいくさんとお会い出来たかどうか知りたかっただけなんです。安堵しました」

栄次郎は何度も礼を言う庄蔵と別れ、来た道を戻った。

栄次郎が浅草黒船町のお秋の家に辿り着いたのはもう陽が落ちようとしている時分だった。

「政吉親分は来ましたか」

栄次郎はお秋にきく。

「いえ。来ません」

政吉は芝まで行ってくると言っていたが、まだ帰って来られないのだろう。

二階の部屋に上がった。

窓辺に立ち、大川を見る。青みがかった空はだんだん藍色を濃くしていった。対岸の本所のほうは西陽が射して赤く染まっている。

辻斬りや作次の件があってか、今は師走という実感がまったくなかった。今年もあと僅かで終わろうとしている。

川風を受けて体が冷えてきて窓を閉め、部屋の真ん中に戻った。

三味線を抱え、新年の舞台で地方を務める越後獅子の稽古に入った。何度も弾いているのに、心と撥が一体になっていない微妙な感覚のずれに気づいた。三味線の奥深さに、栄次郎は改めて怖さを覚えた。

栄次郎は懸命に撥を振った。

最後まで弾き終え、気持ちを鎮めていると、

「栄次郎さん」

と、お秋の声がした。

「どうぞ」

いつまで経っても障子が開かないので、栄次郎は声をかけた。

「いいんですか」

障子を開け、お秋がおそるおそるきいた。

「どうしたんですか。いつもはすぐ開けるのに？」

栄次郎は不思議に思ってきいた。

「だって三味線の音が……」

「音がどうかしましたか」

「いつもと違って……」

「いつもより音が大きかったですか」

それで入りづらかったのかとも思った。

「そうじゃなくて、なんだか音が止んでもまだ音が聞こえているような気がしていたんです。侵してはいけないような何かを感じて……」

「そうですか、それはすみませんでした」

「いえ、そうじゃなくて。うまく言えないんですけど……。あっ、いけない。政吉親分が下でお待ちなんです」

「そうですか。お通しください」

「はい」

お秋はすぐ梯子段を下りて行った。

しばらくして、政吉が上がって来た。

「お待たせして申し訳ありません」

「いえ」

政吉は向かいに座ってから、

「下で三味線の音を聞いていたのですが、弾き終わったはずなのに余韻の中に音が聞こえていました。だから、しばらく動けませんでした」

政吉は驚嘆したように言う。

「…………」

お秋も政吉も同じような感想を述べた。このことは三味線弾きにとって吉なのか凶なのか。

「矢内さま」

政吉が声をかけた。

栄次郎ははっと我に返った。

「芝のほうはいかがでしたか」

「軍次と又助は露月町を引っ越すとき、深川の佐賀町に行くと大家や長屋の住人に話していました。それで、佐賀町まで行ってみましたが、ふたりが引っ越してきた形跡はありませんでした」

「では、やはり、あの界隈にいる公算が高くなりましたね」

「ええ。ただ」

政吉が難しい顔で、

「亀三さんが言うには、やはり作次とっつあんが軍次か又助を見かけたとしても、そこから押込みを連想するとは思えないと言ってました。仮に、いい暮らしをしていたとしても、押込みと結びつけるとは思えないと……。押込みが入った頃、長屋の小火騒ぎでふたりが動きまわっていたのを長屋の住人が見ていたのですから」

「作次さんは、ふたりは押込みと関係ないと思ったのですね」

「そのようです」

「そうですか」

栄次郎は首をひねりながら、

「小火の件は今調べているのですね」

　と、確かめた。

「はい。ただ、三年前のことなので、みな細かいことをどこまで覚えているかわからないと、亀三さんは不安を漏らしていました」

「じつは、例の浪人が妻恋町に住んでいたんです」

　栄次郎は話題を変えた。

「そうですってね。新八さんから聞いて、手下を聞込みにやらせました。芝からまっすぐここに来たので、まだ手下から話を聞いていませんが……」

「本所入江町に引っ越したというので行ってみましたが、やはり浪人が引っ越して来た痕跡はありませんでした」

「そうでしたか」

「引越し先を言い残しながら、そこに行っていない。浪人の場合も軍次と又助と同じですね」

「そこに何か」

　政吉が不審そうにきく。

「たまたま偶然なのか、あるいは指図をしている人物が同一なのか」

「じゃあ、やはり、まだ軍次と又助に疑いが？」

「小火のとき、長屋にいたということですが、押込みがあった宇田川町と長屋のある露月町はすぐ近くなのです。そもそも、押込みと小火騒ぎがほんとうに同じ時刻だったのでしょうか。もし、ずれていたら……」

「矢内さま。今のお話、明日亀三さんにしに行ってきます」

政吉は気持ちを昂（たかぶ）らせながら引き上げて行った。

三

翌朝、栄次郎は妻恋町の長屋に行き、きのうの年寄りに会った。きょうも朝から日向ぼっこをしている。

「金子という浪人は入江町の日陰長屋にいませんでした」

栄次郎は切り出す。

「へえ、いなかった？」

年寄りは首を傾げた。

「入江町の日陰長屋に引っ越すというのは、金子さんから聞いたのですか」

「そうさ。はっきり言っていた」

「金子さんはいつもむすっとした顔をして、必要なこと以外、喋らなかったと仰っていましたね」

「そう、無駄口は叩かなかった」

「なぜ、あなたには引越し先を話したのですか」

「なぜ、だろうな」

年寄りの目が泳いだ。

「ほんとうに金子さんがあなたに喋ったのですか」

「そうだ」

年寄りの声が弱々しくなった。

「ほんとうはときたま遊びに来る遊び人ふうの男から聞いたのではないですか」

栄次郎は突き付けるようにきいた。

年寄りは俯(うつむ)いた。

「どうなんですか」

「そうだったかな。よく覚えていねえ」

年寄りはとぼける。

「その男はあなたになんて言ったのですか」

「その男に頼まれたとは言っちゃいねえよ」

　年寄りは不満そうに言ったが、

「もし、金子さんのことを訪ねてひとがやって来たら、入江町の日陰長屋に引っ越したと伝えてもらいたいと」

　と、渋々答えた。

「なぜ、そこに行くのかとは？」

「あの近くのある剣術道場で師範代を務めることになったとか……」

「金子さんから直（じか）に聞いたわけではないんですね」

「まあ、そういうことだ」

「遊び人ふうの男の特徴は？」

「三十過ぎの小柄な敏捷そうな男だったな。猿みたいな顔だった」

「その男からは、小遣いをもらったのですね」

「…………」

「わかりました」

　年寄りに礼を言い、栄次郎は長屋木戸を出た。

ほんとうは入江町の日陰長屋に引っ越す予定だったが、事情が出来て変わったというわけではない。はじめから嘘だったのだ。

それにしても、なぜ入江町だったのか。遊び人ふうの男が入江町にかつて住んでいたことがあるのか、それともまったくの思いつきだったのか。

妻恋坂を下る。神田明神の年の市も終わり、境内はいつもの落ち着きを取り戻しているようだ。

栄次郎が元鳥越町の師匠の家に着いて、格子戸に向かいかけたとき、

「栄次郎さん」

と、声をかけられた。

「新八さん」

栄次郎は驚いて、

「どうかしたんですか」

と、怪しんだ。

「さっき、政吉親分があっしのところにやって来て、回向院(えこういん)の裏手で、浪人の惨殺死体が見つかったと教えてくれました。例の浪人に特徴が似ているそうです」

「…………」

栄次郎は耳を疑った。

「あの浪人が……」

栄次郎はすぐに回向院に向かった。


両国橋を渡り、回向院前に差しかかったとき、政吉の手下が待っていた。

「こちらです」

手下は栄次郎と新八を回向院の裏手の木立の中に案内した。

数人のひと影があり、その中から政吉が出て来た。

「矢内さま。こっちです」

政吉は厳しい顔で、亡骸まで案内してくれた。

莚をかけられた亡骸が横たわっていた。

政吉が莚をめくる。

栄次郎は手を合わせてから亡骸の顔を見た。

青ざめた顔は細く、鼻は高い。痩身だ。

「似ているようです」

栄次郎は呟いた。

「この浪人に間違いないと思います」

「仲間割れでしょうか。それとも口封じ……」

政吉が呟く。

「私たちが本格的に探し出したところですからね。口封じの公算が大きいですね」

栄次郎はそう言いながら、傷を調べる。

脇腹と心ノ臓に刺し傷。その他にも傷がある。匕首のようだ。傷の数からして下手人は少なくともふたりいたようだ。

腕の立つ浪人だった。こんなに無残にやられるとは想像も出来なかった。

「相手はふたりですね。おそらく、最初は腹部の刺し傷でしょう。油断しているところを不意に襲われたのかもしれません」

「いったい誰が？」

「作次さんを殺すようにこの浪人に依頼した者でしょう。町方に目をつけられたので、非情にも……」

栄次郎は冷酷非道な男を思い描いた。

「亡骸の硬直や血の固まり具合から死んで半日は経っていますね」

「昨日の夜ですね」

この界隈を縄張りとしている初老の岡っ引きが、

「やはり、おまえさんが探していた浪人かえ」

と、政吉に声をかけた。

「まず、間違いねえ。とっつあん、知らせてもらって助かりましたぜ」

政吉が答える。

「今朝、野犬が吼えているのを不審に思った寺男が死体を見つけたんです。殺された浪人が政吉から聞いていた特徴に似ていたので」

と、土地の岡っ引きが政吉に知らせた理由を話した。

「さっそく、昨夜の件で聞込みをかけてみる。何か、わかったら、また知らせるぜ」

「とっつあん、すまねえ。頼んだ」

政吉は頭を下げた。

栄次郎も礼を言い、亡骸の前から離れた。

再び、両国橋を渡って引き上げ、栄次郎は途中で政吉と別れ、神田佐久間町の『西京堂』に行った。

だが、長四郎は外出していたので、番頭に「例の浪人が殺された」という言伝てを頼み、それから元鳥越町の師匠のところに行き、稽古をつけてもらって、お秋の家にやって来た。

栄次郎は窓辺に立った。春が近いことを思わすような風が吹いてきた。大川に渡し船が出て行く。

栄次郎はかねてからひっかかっていることがあった。大城家の下屋敷からの帰り、栄次郎は千吉にあとをつけられた。栄次郎がお秋の家に入ったのを見届けた千吉は、その後お秋の家に南町の崎田孫兵衛が通っていると知り、さらに栄次郎のことまでも調べ上げたのだろう。

だが、お秋の家までつけられた夜、栄次郎は湯島切通しで三人の浪人に襲われたのだ。

栄次郎は己の迂闊さに腹立たしい思いがした。てんから松三郎と千吉が送り届けた殺し屋かと思っていたので、千吉に確かめぬままで済ませてしまったが、今から考えても松三郎と千吉が浪人を雇ったとは思えない。

あの浪人たちを雇ったのは千吉ではない。金子という浪人に作次を殺させた者の仕業だ。作次を殺した浪人の背後にいる人物こそ押込み一味だ。

作次を殺した浪人を追っている栄次郎を邪魔に思い、亡き者にしようとしたのだ。

だが、失敗した。

そして、今回は金子という浪人を斬った。なぜ、栄次郎を襲わなかったのか。おそらく、金子という浪人を追っているのは今や栄次郎だけではないからだろう。政吉たちも探している。栄次郎を始末するだけでは用を果たさない。だから、浪人のほうを始末したのではないか。

あの夜の襲撃を栄次郎が千吉の仕業だと思ったのは、尾行されたあとだったからだ。それが違った。

偶然が重なったとはいえ、栄次郎は己の迂闊さが腹立たしかった。栄次郎を襲わず、浪人の口封じを図ったことからも、栄次郎たちの追跡が敵を確実に追い詰めていっているのではないか。

梯子段を駆け上がって来る足音がし、お秋が障子を開けて声をかけた。

「西京堂さんがいらっしゃいました」

「上がってもらってください」

栄次郎は窓辺を離れた。

二階に上がってきた長四郎と差向いになる。

「栄次郎さん」

長四郎が興奮して口を開いた。

「金子という浪人が殺されたというのはほんとうなんですか」

「ええ、回向院の裏手で斬殺されていました」

「なんと……」

長四郎は目を見開き、絶句した。

「きのう入江町の日陰長屋に行ってみましたが、金子という浪人はいませんでした。引っ越して来てないのです。妻恋町の長屋に行って確かめましたが、あの年寄りが遊び人ふうの男に頼まれたままを私たちに告げたことがわかりました」

「なんのため？」

「私たちの探索を攪乱（かくらん）する狙いかとも思いましたが……」

はじめから金子という浪人を殺すつもりだったら、そんな攪乱狙いのことをする必要はない。

攪乱が狙いではないとしたら……。

「おそらく、その時点では、私を誘（おび）き出して始末するつもりだったのではないでしょうか」

「栄次郎さんを？」

「そうです。じつは以前にも三人の浪人に襲われたことがありました。私はてっきり一連の辻斬りの絡みだと思っていたんですが……」

「そんなことがあったのですか」

長四郎は驚いて言い、

「で、その浪人の人相は？」

と、きいた。

「覚えています。でも、その三人は金で雇われて私を襲っただけで、何も知らないでしょう」

「そうですか」

ふと、栄次郎はあることに気づいた。

あの夜の襲撃を千吉の仕業だと思ったのは、尾行されたあとだったからだ。それを偶然が重なったと思っていた。だが、栄次郎が尾行されたことを知っていたら、今襲えば栄次郎は勘違いする。そういう計算があったとしたら……。

しかし、それはあり得ないことだ。敵が栄次郎が尾行されたことを知り得ないはずだ。尾行のことを話したのは……。

栄次郎は落雷の音を傍(そば)で聞いたような激しい衝撃を受けた。しかし、顔に出ないように、栄次郎は平静を努めた。

尾行された話をしたのは、夕方にお秋の家にやって来た長四郎だけだ。いくらなんでも長四郎が……。

そのとき、また心に引っ掛かっていたことを思い出した。

作次が殺された夜、悲鳴を聞いて栄次郎が駆けつけたとき、あとから長四郎がやって来た。あのとき、長四郎はどこかの帰りだったのだろうか。

そして、一番引っ掛かっていたのが作次のことだ。栄次郎が駆けつけたとき、賊は留めを刺そうとしていた。斬られた男にはまだ息があった。だから、続いてやって来た商人ふうの男にあとを託し、賊を追ったのだ。

だが、戻って来たとき、予想外のことに作次は死んでいた。あまりにも早く息絶えたように思える。

栄次郎はいつしか長四郎に疑いを向けていることに気づいて愕然としながら、

「でも、不思議なものです。金子という浪人が作次さんを襲わなければ長四郎さんと出会うことはなかったんですからね」

と、さりげなく当夜のことに話を持っていった。

「そうですね。そう考えると、ひとの縁というのは不思議なものですね」

長四郎も応じる。

「あの夜、長四郎さんはどこかの帰りだったんですか」

「ええ、池之端仲町の料理屋の帰りでした。酔い醒ましに歩きながら帰る途中、悲鳴を聞いてあわててそのほうに駆けたのです」

あのとき、長四郎から酒の匂いはしなかった。ほんとうに料理屋の帰りだったのだろうか。

「それにしても、あのときの浪人が死んでしまい、この先調べはどうなるのでしょうか」

長四郎は探りを入れるようにきいた。

「痛いですね。あの浪人が誰に頼まれたかを簡単には白状したとは思えませんが、小伝馬町の牢屋敷に放り込まれていれば依頼主を庇う理由はなくなります。そういう意味からも、残念です」

「他に何か手掛かりは？」

「三年前の芝宇田川町の線香問屋の押込み絡みではないかと思ったのですが、作次さんが押込み一味に目をつけることはあり得ないという声が強いんです。そうなると、ほとんどお手上げの状態です」

栄次郎はわざと顔をしかめた。

「栄次郎さん。私に出来ることならなんでもします。どうか、遠慮なく仰ってください」

長四郎は真顔で言い、引き上げて行った。

階下まで見送り、部屋に戻った栄次郎は窓辺に寄って隠れるように外を見た。窓の下を長四郎が引き上げて行く。

角を曲がるとき、長四郎は顔をこっちに向けた。栄次郎は身を隠す。気のせいか、長四郎は微かに首を振り、そのまま去って行った。

栄次郎は恐ろしい想像をした。辻斬りの侍を見失って、栄次郎が現場に戻ってみると、すでに作次は死んでいた。

なぜ、長四郎があの場所にいたのか。作次は長四郎に目をつけたのではないか。長四郎の秘密を探るため、毎晩のように長四郎のあとをつけていた。そのことに気づいた長四郎は、神田佐久間町の店から作次に尾行させて湯島天神裏門坂下に連れ出した。そこに金子という浪人を待ち伏せさせていた。

悲鳴が上がり、浪人が留めを刺す前に栄次郎が駆けつけた。長四郎は焦って飛び出して行った。

浪人は逃げ出し、栄次郎があとを追った。その間、呻いている作次を介抱する振りをして、その口と鼻を長四郎が手拭いで押しつける。

栄次郎は窓の外を見続ける。すでに、長四郎の姿はない。

その後、長四郎が栄次郎に近付いてきたのは友情でもなんでもない。探索の様子を探るためだったのではないか。

そう思う一方で、そんなはずはないと心の声が叫ぶ。長四郎はそんな悪い男ではない。偶然が重なっただけだ。

だが、千吉につけられた日の夜に三人の浪人に襲われたのもほんとうに偶然だったのだろうか。

あの日の夕方、お秋の家を引き上げたあと、長四郎は直ちに三人の浪人を雇い、栄次郎を待ち伏せさせたのではないか。

万が一、失敗しても正体を見抜かれないと思ったのではないか。

栄次郎は思わず深呼吸をする。長四郎を疑っている自分に嫌悪感を持ったのだ。

その夜、久しぶりに崎田孫兵衛と酒を酌み交わした。

孫兵衛は辻斬りの件やおいくの失踪の件の解決に手を貸した栄次郎に感謝を述べる

など上機嫌だった。

頃合いを見計らって、栄次郎は切り出した。

「崎田さま。ひとつ教えていただきたいことがあるのですが」

「なんだ？」

猪口を口に運んでいっきに呷った。

「三年前、芝宇田川町の線香問屋に押込みが入り、一千両が盗まれたという一件を覚えていらっしゃるでしょうか」

「宇田川町の一件か」

孫兵衛は顔を歪め、

「あの忌ま忌ましい件はよく覚えている。定町廻り同心にしっかり探索せよと何度叱咤したことか」

「怪しい人間は何人か浮かんだのですか」

「何人か浮かんだが、みな違ったそうだ」

「違ったというのは疑わしいが、決め手がなかったということですか」

「いや、そんなに疑わしい者はいなかったはずだ。もっとも疑わしかった駕籠かきの男の疑いが晴れてから、まったくお手上げの状態だった」

「なぜ、なんでしょうか」

「そもそもの過ちは、てんから既存の盗賊一味の仕業だと思い込んでしまったことだ。実際はあの押込みははじめての連中だろう」

「既存の盗賊の仕業ではないと、どうしてわかったのですか」

「裏の世界に詳しい男に調べてもらった。その結果、芝の押込みはどの盗賊集団もやっていないとわかった」

「駕籠かきの男に疑いを向けたのは、どの盗賊集団も関わっていないとわかってからですか」

「そうだ」

露月町の裏長屋に住んでいる軍次と又助という駕籠かきに行き着いたのは押込みからひと月後だと言っていた。

もしかしたら、最初のうちは盗賊一味のほうに目を向けていたために、軍次と又助を見つけ出すのに時間がかかってしまったのではないか。もっと早く見つけ出せていたら、小火のことも早く調べることが出来たのではなかったか。

「どうして、そんなことをきくのだ？」

孫兵衛が不思議そうな顔をした。

「今月のはじめ、湯島天神裏門坂下で、作次という元岡っ引きが浪人に斬り殺されました。作次さんは何かを調べていたようなんです」

「作次は芝の岡っ引きだったのか」

「そうです。宇田川町の押込みを探索していたそうです。その件で、何かに気づいて調べていたのかもしれないと……」

「しかし、当時わからなかったことが、今になってわかるだろうか」

孫兵衛は首をひねった。

「確かに、そのとおりです」

栄次郎は素直に答えた。


その夜、本郷の屋敷に帰ったが、兄はまだ帰宅していなかった。宿直(とのい)ではないはずだから、どこかに寄っているのだろう。

その後、美津どのとのことはどのような話で決着がついたのか聞いていなかった。

「栄次郎」

襖の外で母の声がした。

「どうぞ」

母は部屋に入って来た。

腰を下ろすなり、

「そろそろ、そなたも真剣に養子先を……」

「母上」

栄次郎はあわてて口をはさんだ。

「兄上のほうは、その後どうなったのでしょうか」

「栄之進も美津どのを気に入ったようで、母も安堵いたしました」

「気に入った？　兄上がそう仰ったのですか」

「ええ、少し照れくさそうでしたが、かなり気に入っているようですよ」

「兄上がほんとうに？」

「ええ。おかしいですか」

母が怪訝そうにきく。

「いえ、そうじゃありません」

栄次郎は戸惑いながら、

「先方のご意向が心配なのです。なにしろ、向こうは大身（たいしん）の旗本。兄上が気に入ったとしても、相手が……」

だ。

「その心配はいりません」

「そうですか」

松三郎の件に介入した栄次郎の兄との縁組を、大城清十郎はすんなり認めたのだろうか。そのことが縁組の支障になるからと、兄はだめになることを望んでいたのだ。

思惑は外れて、兄は断るに断りきれなくなっているのか。

「そこで、次は栄次郎の番です」

「母上。兄上が無事祝言を上げてからのこと。そのあとで、真剣に考えますので」

栄次郎はいつものように逃げたが、きょうの母は執拗に迫ってこなかった。兄のことがうまく進んでいるので、機嫌がよかったせいもあったのだろう。

兄は夜、遅く帰って来た。こっちの部屋に来るかと思ったが、兄はやって来なかった。疲れているのかもしれないと思い、栄次郎は兄の部屋へも行かなかった。

四

翌朝、朝餉をとって栄次郎はすぐに屋敷を出た。

明神下の新八の長屋を訪ねた。まだ寝ていると思ったが、新八は起きていた。

「よかった。起きていて」

栄次郎は土間に入って言う。

「最近は夜も早く寝ているので、天窓から明かりが射し込んでくると起きています」

新八は答えてから、

「それにしても、いつもより早くありませんかえ。何かありましたか」

と、真剣な顔つきになった。

「ええ。出ませんか」

「よございます」

新八は急いで着替えて帯を締めた。

木戸を出てから、

「神田明神に行きましょうか」

と、栄次郎は言う。

「わかりました」

大事な話だと察したらしく、新八は気を引き締めて応じた。

神田明神の鳥居をくぐり、人気（ひとけ）のない社殿の裏手に行く。それでも、裏門から参拝客が入って来るので、また場所を移動した。

植込みの陰に立ち、栄次郎は小声で切り出した。

「新八さん。お願いがあるのです。芝の岡っ引きの亀三さんに『西京堂』の長四郎さんをみてもらいたいのです」

「西京堂さんを？」

新八の顔色が変わった。

「栄次郎さん、西京堂さんに何か疑いが？」

「考えすぎかもしれませんが」

と言って、栄次郎は作次が殺されたときのことを説明した。

「悲鳴を聞いて駆けつけたとき、賊の浪人は作次さんに留めを刺そうとしていたのです。私が駆けつけたとき、作次さんはまだ息がありました。長四郎さんもすぐに駆けつけてくれたのであとを頼み、私は賊を追ったのです」

栄次郎は半拍の間を置いて、

「賊を見失って戻ってみると、作次さんはすでに死んでいました。斬られて瀕死の状態だったのだろうと考えたのですが……」

「西京堂さんが作次さんに何かをしたと？」

「介抱する振りをして、手拭いを口と鼻に押しつけたのではないかと……」

「あの西京堂さんがそんなことをするなんて、信じられません。いったい、どういうことからそのような考えが出たのですか」

「千吉さんに下屋敷からお秋さんの家までつけられたことがあるんです。たまたま、訪ねて来た長四郎さんにその話をした夜、三人の浪人に襲われました」

「そんなことがあったんですかえ」

「ええ。そのときはてっきり千吉さんが手をまわしたものと思っていたのです。でも、その後、千吉さんの告白を聞いたときも、その襲撃の話は出ませんでした。こっちがきかなかったから話さなかっただけだと思っていましたが、よく考えれば千吉さんが私を狙う理由はあまりありません」

　長四郎を疑うことで五体を引き裂かれるような苦痛を味わいながら、栄次郎は言った。

「もし、作次さんが長四郎さんに目をつけていたとしたら、亀三さんも長四郎さんを知っているはずです。つまり、押込みの探索中に、作次さんと亀三さんは長四郎さんに会っていたのです」

「でも、そうだとしても、押込みと無関係ってことになったんじゃありませんか。だったら、再会してもすぐに押込みのこと……。あっ」

新八は途中で叫んだ。

「そうか。見た目ですね」

「そうです。長四郎さんは『西京堂』の主人になっていたのです。おそらく、芝にいた頃は長屋住まいだったのではないでしょうか。わずか三年の間で、どうして店を持てたか。作次さんはそのことを調べた。『西京堂』は半年前に店を開いた。もともとある店に養子に入ったわけではないことがわかった」

「…………」

「でも、それだけで押込み一味と決めつけることは出来ません。それで、作次さんは長四郎さんのあとをつけ、誰と会うのかを見定めようとしたのではないでしょうか。つまり、押込みの仲間と会うところを確かめようとしたのだと思います」

栄次郎は冷静に話すうちに、自分の考えが的外れではないように思えてきた。

「そういうわけで、まず亀三さんに長四郎さんを見てもらいたいのです」

「わかりました。どうしたらいいですかえ」

新八はきいた。

「政吉親分に住まいを聞いて、芝まで亀三さんを迎えに行っていただけませんか。そして、『西京堂』の傍まで行って遠目に長四郎さんの顔を見てもらっていただけますか。亀三さんが知っている男だったとしても、すぐ押込みと結びつくものではありませんから、長四郎さんには気づかれないようにお願いいたします」

「わかりました。さっそく、政吉親分に会ってきます」

新八は張り切って言う。

「私はお秋さんの家にいます」

「では」

新八は裾をつまんで小走りに鳥居に向かった。

栄次郎は神田明神を出て、妻恋町の長屋に行った。

木戸を入って行くと、路地に年寄りの姿は見えなかった。念のために路地の奥に行くと、いつもと違う場所で、年寄りは日向ぼっこをしていた。

「やっ、また、あんたか」

年寄りはうんざりしたように言う。

「すみません。また、教えてください」

栄次郎は静かに口を開く。

「金子さんのところに来ていた遊び人ふうの男のことを教えていただけますか」

「一度しか話したことはねえからな」

「確か、小柄な敏捷そうな男で、猿みたいな顔をしていたそうですね」

「ああ、そうだ」

「ほんとうに？」

「ほんとうにとはどういうことだ？」

「金子さんを訪ねて誰かやって来たら、入江町の日陰長屋だと伝えてくれと頼まれたのですね」

「そうだ」

「そのとき、もし俺のことを訪ねられたら、小柄で猿みたいな顔をした男だと言うように頼まれたのではありませんか」

「そんなことあるものか」

年寄りはうろたえた。

「教えてくれませんか」

「何も話すことはねえ」

年寄りはちんまりした顔を歪めた。

「じつは金子さんは殺されてました」

「今、なんて言ったんだ？」

「金子さんは昨日、回向院の裏手で斬殺死体で発見されました。誰の仕業かわかりませんが、遊び人ふうの男が絡んでいるのに違いありません」

「………」

「その男の人相や体つきを教えていただけませんか」

年寄りは真顔で、

「中肉中背で眉毛が薄いくせして腕や足などけむくじゃらだった」

「これはほんとうだ。胸毛もあった」

「年齢は？」

「二十五、六だ」

「他に何か気づいたようなことは？」

「別に」

「そうですか、わかりました」

栄次郎は年寄りに礼を言い、木戸に向かった。

それから栄次郎はお秋の家に行った。

新八が芝まで行き、亀三を連れて戻って来て、西京堂まで行くとなれば、どんなに順調にいっても夕方までかかるだろう。

すべては長四郎を見た亀三の手応えにかかっている。そう思いながら、栄次郎は三味線を手にした。

一昨日、三味線を弾いていたとき、政吉がやって来た。だが、弾き終えたあとも、お秋はすぐに栄次郎に声をかけなかった。いや、かけなかったのではなく、かけられなかったのだと言った。政吉も、弾き終わったのに余韻の中にまだ音が聞こえていたと言った。お秋も政吉も同じような感想を述べたことが三味線弾きにとって吉なのか凶なのかを考えた。

栄次郎ははっと心の中で息を吐き、撥を糸に当てた。栄次郎の中で雑念は消えていた。

やっと何曲かを弾き終え、呼吸を整えて三味線を置いた。そのときになって、部屋の中が暗いことに気づいた。

いつもなら、薄暗くなったらお秋が行灯に明かりを灯しにくるのだが、きょうは忘れたのだろうか。

ふと、廊下に誰かがいる気配がした。

「お秋さん？」

　栄次郎は声をかけた。

「失礼します」

　障子が開いて、お秋が入ってきた。

「今、明かりを」

　お秋は行灯に向かった。

　やがて、仄かな明かりが灯った。

「ごめんなさい。さっきから廊下にいたんですけど、やっぱり、声をかけられなくて」

「…………」

「弾き終えたあとも、まだ音がしているようで」

　そう言いながら、お秋は部屋を出て行った。

　なぜだ、と栄次郎は思った。三味線の弾き方に変化があったわけではない。だが、いつの間にか、激しい音になっていたのか。

　聞く者を脅えさせているとしたら、とんでもないことだと栄次郎は愕然とした。松三郎の件や作次の件などで心身ともに研ぎ澄まされて、それが音になって表れているのか。

栄次郎は立ち上がって窓辺に寄った。

窓を開けると、冷たい風が吹き込んできた。今年も残りわずかになったが、辻斬りの件などで、師走という実感を味わうことなく今日まできた。

梯子段を上がってくる複数の足音がした。

「栄次郎さん、新八さんと政吉親分が」

お秋の声に、栄次郎は部屋の真ん中に戻った。

新八と政吉、それに亀三もいっしょだった。

向かい合って座るなり、

「栄次郎さん。亀三親分が長四郎さんの顔を確かめました」

新八が言い、亀三を促した。

「長四郎という男。露月町の長屋にいた長吉（ちょうきち）という男でした」

「やはり」

栄次郎は想像どおりだったが、思わず唸った。

「はい。最初は羽織姿で貫禄もあるので目を疑いましたが、間違いありません。駕籠かきの軍次と又助と同じ長屋の住人です」

亀三は気持ちを昂らせ、

「作次とっつあんと軍次と又助に会いに行ったとき、押込みがあった時刻に小火があって、ふたりが火消しを手伝ってくれたと説明してくれたのが長吉です。今から思えば、長吉も仲間だったんですね」

と、忌ま忌ましげに言う。

「おそらく、押込みの目を晦ますために、小火をわざと出したのでしょう。その長屋に行ったのは押込みからひと月後ですね。押込みと小火の発生を同じ時刻とされたようですが、実際には押込みのあとだと思います。あの小火は騒ぎに乗じて長屋木戸を開けさせようとする狙いもあったのではないでしょうか」

「作次とっつあんは長吉を見て疑いを持ったのですね」

亀三がため息混じりに言う。

「ええ。それでその証を見つけるために、長吉のあとをつけはじめたのです。そのことに気づいた長吉は金子という浪人を使って作次さんを殺したんです」

栄次郎は長四郎のことを長吉と呼び捨てにした。

「でも、長吉はなぜ作次とっつあんを殺そうと思ったんでしょうか」

政吉が口をはさんだ。

「証がないなら、放っておいてもだいじょうぶだったんじゃないですか」

「たぶん」

栄次郎は想像する。

「長吉が『西京堂』をはじめたのは半年前、押込みから二年半後です。その間、盗んだ金を使わず、ほとぼりが冷めるのを待っていた。おそらく、押込みの指揮をとったのが長吉でしょう。分け前の金も長吉が持っていたのでしょう。そう考えると、近々、長吉は軍次と又助に分け前を渡す予定になっていたのではないでしょうか。軍次と又助と会っているところを見られたらいっきに疑惑は膨らみます。長吉はそれを恐れたのではないでしょうか」

「なるほど。そうであれば、長吉にとって作次とっつあんは邪魔な存在だったわけだ」

政吉はやりきれないように言う。

「ちくしょう」

亀三は怒りに目をつり上げ、

「これから行って、奴をとっ捕まえてやる」

「まだ、証がありません。とぼけられたらおしまいです」

栄次郎は亀三を制した。

「証を探すといっても、どうしたらいいんですかえ」

政吉が困惑したように言う。

「金子という浪人のところに、二十五、六歳の遊び人ふうの男が何度か顔を出しています。長吉の仲間だと思います。中肉中背で眉毛が薄く、体中、毛深い男です。長吉の周辺にいるはずです。この男を探してください。それから、軍次と又助も長吉とつきあいがあるはずです」

「わかりました」

「亀三さんは、長吉、軍次と又助らの仕業という目でもう一度押込みを洗い直していただけませんか。それまで見えていなかったものが見えてくるかもしれません」

「わかりやした」

「それから、押込みが線香問屋に侵入した方法はわかっているのですか」

「裏口の鍵を閉め忘れたようです。そこから侵入したのです」

亀三は答える。

「閉め忘れた？　それは確かなのですか」

「いちおう、そういうことに……」

「もしかしたら、誰かが鍵を開けて押込みを引き入れたかもしれません。現在、あの当時の奉公人で、今はいなくなっている者を調べてみてくれませんか」

「そうか……」

亀三は呻くように言い、

「あのとき、作次とっつあんがある女中を気にしていた。結局、そのままになってしまいましたが」

「その女中が今何をしているか調べたほうがいいですね」

栄次郎はいろいろ考えたが、どれも決め手に欠けるような気がしていた。

五

数日経った。今年も押し迫った。

探索で大きな進展はなかった。ただ、栄次郎はある想像がついて、その日の昼前、亀三とともに神田佐久間町の『西京堂』にやって来た。

さっき、長四郎が外出をし、政吉があとをつけた。長四郎がいないことがわかっていながら、栄次郎は『西京堂』に向かった。

亀三には『西京堂』の向かいにある荒物屋の店先からこっちを見てもらっている。

「ごめんください」

栄次郎は店番をしている番頭ふうの男に声をかけた。

「これは矢内さま」

番頭は立ち上がってやって来た。

「長四郎さん、いらっしゃいますか」

「あいにく、ちょっと前に出かけました」

「そうですか。内儀さんがいらっしゃったら、ちょっと呼んでいただきたいのですが」

「少々お待ちください」

番頭が奥に向かった。

栄次郎はわざと外に出て待った。荒物屋の店先から亀三がこっちを見ている。

押込みに入られた線香問屋の奉公人の中で、その後、奉公をやめた者がふたりいた。ひとりは下男で、今は別の店で下男をしていた。もうひとりが、作次が気にしていたという女中だ。おまちという名だった。

内儀が出て来た。

「まあ、矢内さま。どうしたんですね。こんなところで」

「すみません。長四郎さんがお出掛けだそうで、せっかく来たので内儀さんにちょっとご挨拶をと思いまして」

「それはわざわざ。そうそう、うちのひとが一度栄次郎さんとゆっくりお酒を酌み交わしたいと申していました」

「前々から、そんな話をしていました」

「年も押し詰まってきましたが、いかがですか。もし、よろしければ、うちの離れでいかがですか」

「いいですね。では、そうさせていただきましょうか」

栄次郎は微笑む。

「明日の夕方ではいかがでしょうか。うちのひとも早いほうがいいと言ってましたので」

「わかりました。じゃあ、明日の夕方、お伺いいたします」

栄次郎は約束をし、神田川のほうに向かった。

いい機会だと思った。それとなく、探ってみようと思った。

やがて、亀三が追いついて来た。

「驚きました。あのときの女中です。おまちに間違いありません」

　真っ先に亀三は言った。

「そうですか」

　栄次郎は思わずため息をついた。

「もう捕まえてもいいんじゃないですかえ。うちの旦那も内儀がおまちだったら、もうためらうことはないと言ってました」

　亀三は昂りを抑えて言う。

「待ってください」

　栄次郎は口をはさみ、

「明日の夜、私は長吉の自宅に招かれています。そこで、探りを入れてみるつもりです」

「いえ、もうこれで十分ではありませんか。あとは取り調べで聞き出せばいいと、うちの旦那はすぐにでも捕まえるつもりでいます」

「明日、亀三さんたちは、『西京堂』の近くに身をひそめておいてください。『西京堂』から引き上げたあと、私は話し合いの様子をお知らせします。それから、どうするかを決めたらいかがですか」

「しかし」

「今踏み込んでも、一切口をつぐまれてしまうかもしれません。それより、何か摑めるかもしれません」

栄次郎は頼んだ。

「わかりました。旦那にそう伝えておきます」

亀三は折れた。

「すみません」

「では、明日の夜、『西京堂』の近くで待っています。矢内さまの話し合いの結果次第で踏み込みます」

「いいでしょう」

栄次郎は複雑な思いで応じた。

出来ることなら、長四郎には自訴してもらいたいのだ。明日はそのことを訴えたいと思っているのだ。

翌日の夕方。栄次郎は『西京堂』を訪ねた。

出て来た内儀に離れの部屋に案内された。すでに酒膳が用意されていた。

「さあ、どうぞ」

内儀が座るように勧めた。

「では」

栄次郎が酒膳の前に腰を下ろしたとき、長四郎がやって来た。

「栄次郎さん、よくいらっしゃってくださいました」

もうひとつの酒膳の前に座って、長四郎は挨拶をした。

「やっと静かに酒を酌み交わせそうですね」

長四郎はにこやかに言う。

内儀がチロリで燗をつけた酒を運んで来た。内儀が酒を注ぐ。

長四郎は目尻を下げて、猪口を口に運んだ。

「うまい。きょうの酒はことさらうまい」

長四郎は感嘆したように言う。

「ほんとうにおいしいですね」

栄次郎も口に含んで作り笑いで言うが、長四郎を疑い、自訴を勧めようという身には酒を味わう余裕はなかった。

「正月は市村座だそうですね」

長四郎がきく。

「はい、越後獅子です」

「ぜひ、市村座に行きたいけど」

内儀がふと寂しそうに言う。

「私もぜひ栄次郎さんの三味線を聞いてみたかったんですが……」

長四郎もはかない笑みを浮かべた。

「ありがとうございます」

「おふたりの前で思い切り弾きたいのです。ぜひ」

長四郎は頭を下げた。

「少し、お訊ねしてよろしいですか」

栄次郎は長四郎と内儀の顔を交互に見た。

「なんでしょう?」

内儀がきく。

「おふたりはどうやって知り合われたのですか」

「さあ、どうでしたっけね」

照れているのか、話したくないのか、長四郎の様子からはどちらとも言い難かった。

「麴町にあるお店でふたりとも働いていたんです」

「麴町ですか」

「そんなこと、いいではありませんか。さあ、どうぞ」

内儀がチロリを差し出した。

「恐れいります」

栄次郎は猪口を差し出す。

「栄次郎さまはまだお独りなのですか」

内儀が酒を注ぎながらきく。

「はい。まだ」

「私が独り身だったら、栄次郎さまのところに嫁いでいきたかったわ」

「おいおい」

長四郎があわてて言う。

穏やかな表情の長四郎を見ていると、押込み一味だというのは何かの間違いのような気がしてくる。

その後も、酒は進んだ。

「厠（かわや）へ」

栄次郎は立ち上がり、障子を開け、廊下に出て突き当たりの厠に入った。

用を足して小窓から外を見たとき、黒い影が走ったのが見えた。はっとした。町方のような気がしたのだ。

まずいと思った。栄次郎はすぐに部屋に戻った。

「栄次郎さん、どうかなさいましたか。厳しい表情でいらっしゃいます」

長四郎がきいた。

「庭に、町方が入り込んでいます」

「えっ」

長四郎の顔つきが変わった。内儀も唖然としている。

「栄次郎さん、どういうことなのですか」

「長四郎さんは以前は芝露月町に住んでいた長吉さん、内儀さんは宇田川町の線香問屋の女中おまちさんではありませんか」

栄次郎は思い切って切り出した。

「…………」

「なぜ、違うと仰らないのですか」

「おまえさん」

内儀が長四郎に呼びかける。

「栄次郎さんはやっぱり気づいておられたのですね」

長四郎は深くため息をつき、

「作次さんが斬られた夜、どこに行っていたのかときかれたとき、私はいずれ栄次郎さんは私に疑いを向けるようになると思いました」

「長四郎さんが駆けつけたとき、作次さんはまだ息があったのですね」

「ええ。だから、あわてて手拭いで口と鼻を押しつけて……。私をどこで見かけたのか、作次さんは毎日のように私のあとをつけてきました。私は近々押込みの仲間に分け前の残りを渡すことになっていたのです」

「駕籠かきの軍次と又助ですか」

「やはり、そこまで……。そうです。私が軍次と又助に会っていたことがわかれば、三年前の押込みを蒸し返されると思い、金子という浪人を使って辻斬りに見せかけて殺そうとしたんです。あの夜も、金子さんは神田明神の境内で待っていたんです。私は神田明神から湯島天神裏門坂下までつけてくる作次さんを引っ張って行ったのです」

「私を三人の浪人に襲わせたのもあなたですね」

「そうです。甚吉(じんきち)という遊び人に頼みました。甚吉が三人の浪人を見つけてきたのです。金子さんもそうです」

「甚吉というのは二十五、六の中肉中背で眉毛が薄いくせして腕や足などけむくじゃらだという男ですね」

「そうです。深川の賭場で知り合った男です。なにしろ、ほとぼりが冷めるまで盗んだ金には手をつけないと誓っていたので、満たされない気持ちの捌け口が博打でした。でも、大きく賭けたりしませんでしたが……」

「金子という浪人を殺したのは？」

「私と甚吉です。金子さんはまさか私が襲うとは思ってもいなかったんでしょうね。腹に匕首が突き刺さったのを不思議そうな顔をしていました」

「押込みは軍次と又助、そしてあなたの三人ですか。裏口の戸を開けたのは女中だった内儀さんですね」

栄次郎は内儀をみる。

「押込みのあと、わざと長屋で小火を出したのですね」

「騒ぎになれば長屋木戸を開けるでしょうから。そのどさくさに紛れて長屋に駆け込もうとしたのです。小火の火消しを手伝ったり、大家の家財道具を大八車に運ぶ手伝いをしたことで、ひと月後に町方がやって来ても押込みの疑いが晴れたのですから、ついてましたよ」

「そのとき、盗んだ金はどこに？」

「近くにあった武家屋敷の裏手の雑木林の中です。そこで二年以上、誰にも見つからず、そのままでありました。二年半経ってお金を運び出しました。いくら二年半経ってもいっぺんに使えば怪しまれる。それで、小出しに分け与え、私も店を持ってまっとうに生きようとしていたのですが、やっぱり悪いことは出来ませんでした」

長四郎ははかなく笑った。

「私は最初は探りを入れるために栄次郎さんに近付いたのは間違いないですが、すぐ栄次郎さんが好きになりました。ほんとうです。ほんとうの友人と思って接してきたつもりです」

「私も同じです」

栄次郎は言う。

「でも、不思議なものですね。栄次郎さんとつきあううちに、自分を偽り、栄次郎さんを騙していることがだんだん苦しくなってきたんです」

「ほんとうです」

内儀が口をはさんだ。

「うちのひとは最近、眠れないんです。苦しんでいるんです。栄次郎さんを裏切っていることに堪えられなくなってきたんです」

「おまち、すまなかった。こんな俺と知り合って不幸にしてしまった」

「そんなことないよ。おまえさんとたまたま使いで外出したときに知り合ってから、私は楽しかったわ。特に、このお店で内儀さんと呼ばれた半年間、こんなに仕合わせだったことはないわ。今度はおまえさんといっしょにあの世で仕合わせに……」

内儀は嗚咽を漏らした。

「おまち、死んで行くのは私ひとりでいい。おまえは生きてくれ」

「私ひとりで生きていくなんて出来やしない」

「だって、おまえのお腹にはやや子がいるんだ。俺の分も大事に育ててくれ」

「いや、私をひとりしないで」

「内儀さん」

栄次郎は口をはさむ。

「長四郎さんの言うとおりだ。やや子がいるなら尚更です」

「栄次郎さん、お願いします。おまちを助けてやってください」

「もちろんです。内儀さんは押込みには関係していないのです。裏口は誰かが閉め忘れたのです。内儀さんは押込みのことは知らないで通してください」

「おまち、俺はあの世からおまえたち母子を守っていく。だから、つらいだろうが子どもを立派に育てて、改めて『西京堂』を興してくれ」

「おまえさん」

内儀は畳みに突っ伏して泣きだした。

「長四郎さん、軍次と又助、そして甚助の居場所を正直に話していただけますね」

「はい」

「では、そのように町方には話してきます。半刻（一時間）ほどあとに外に出て来てください。ふたりで別れを……」

「栄次郎さん、このとおりです」

長四郎は畳に両手をついて頭を下げた。

そのとき、栄次郎はあっと気づいた。

「長四郎さん。今夜のこの酒席は私との別れの宴のつもりだったのですね」

「栄次郎さん、あなたと知り合えてよかった。真人間になって死んでいけます」

そう言い、再び長四郎は畳に両手をついて頭を下げた。

外に出た栄次郎は亀三と同心に事情を説明した。

ふたりは死を選ばないかと、同心は心配したが、栄次郎は否定した。

「すでにふたりは覚悟が出来ていたんです。ですから、その心配はありません」

半刻（一時間）も経たずに、『西京堂』の潜り戸が開き、長四郎が出て来た。

「自訴だ。縄をかけずともよい」

同心が言い、長四郎を連れて奉行所に向かった。

内儀が出て来て、長四郎の後ろ姿を見送った。

栄次郎も夜道を行く複数の黒い影が闇にまぎれるまでずっと見送っていた。

二見時代小説文庫

辻斬りの始末　栄次郎江戸暦20

著者　小杉健治

発行所　株式会社　二見書房
東京都千代田区神田三崎町二－一八－一一
電話　〇三－三五一五－二三一一［営業］
　　　〇三－三五一五－二三一三［編集］
振替　〇〇一七〇－四－二六三九

印刷　株式会社　堀内印刷所
製本　株式会社　村上製本所

落丁・乱丁本はお取り替えいたします。
定価は、カバーに表示してあります。

ISBN978－4－576－18147－9
http://www.futami.co.jp/

小杉健治

栄次郎江戸暦 シリーズ

田宮流抜刀術の達人で三味線の名手、矢内栄次郎が闇を裂く！吉川英治賞作家が贈る人気シリーズ

以下続刊

①栄次郎江戸暦 浮世唄三味線侍
②間合い
③見切り
④残心
⑤なみだ旅
⑥春情の剣
⑦神田川斬殺始末
⑧明烏（あけがらす）の女
⑨火盗改めの辻
⑩大川端密会宿

⑪秘剣 音無し
⑫永代橋哀歌
⑬老剣客
⑭空蝉（うつせみ）の刻（とき）
⑮涙雨の刻（とき）
⑯闇仕合（上）
⑰闇仕合（下）
⑱微笑み返し
⑲影なき刺客
⑳辻斬りの始末

二見時代小説文庫

氷月 葵

御庭番の二代目 シリーズ

将軍直属の「御庭番」宮地家の若き二代目加門。
盟友と合力して江戸に降りかかる闇と闘う！

以下続刊

①将軍の跡継ぎ
②藩主の乱
③上様の笠
④首狙い
⑤老中の深謀
⑥御落胤の槍
⑦新しき将軍
⑧十万石の新大名

婿殿は山同心

①世直し隠し剣
②首吊り志願
③けんか大名

完結

公事宿 裏始末

①公事宿 裏始末 火車廻る
②公事宿 裏始末 気炎立つ
③公事宿 裏始末 濡れ衣奉行
④公事宿 裏始末 孤月の剣
⑤公事宿 裏始末 追っ手討ち

完結